唐宋

花卉诗词 108 首赏析

吴荣桦 编著

哈尔滨出版社

HARBIN PUBLISHING HOUSE

图书在版编目（CIP）数据

唐宋花卉诗词 108 首赏析 / 吴荣桦编著 . -- 哈尔滨 ：
哈尔滨出版社，2021.4
ISBN 978-7-5484-5951-4

Ⅰ．①唐… Ⅱ．①吴… Ⅲ．①古典诗歌－诗歌欣赏－
中国－唐宋时期 Ⅳ．① I207.2

中国版本图书馆 CIP 数据核字 (2021) 第 057651 号

书　　名：唐宋花卉诗词 108 首赏析
TANGSONG HUAHUI SHICI 108 SHOU SHANGXI

作　　者：吴荣桦　编著
责任编辑：韩金华
责任审校：李　战
封面设计：树上微出版

出版发行：哈尔滨出版社（Harbin Publishing House）
社　　址：哈尔滨市香坊区泰山路 82-9 号　　邮编：150090
经　　销：全国新华书店
印　　刷：武汉市金港彩印有限公司
网　　址：www.hrbcbs.com　　　www.mifengniao.com
E-mail：hrbcbs@yeah.net
编辑版权热线：（0451）87900271　87900272
销售热线：（0451）87900202　87900203

开　　本：710mm×1000mm　　1/16　印张：16.25　字数：218 千字
版　　次：2021 年 4 月第 1 版
印　　次：2021 年 4 月第 1 次印刷
书　　号：ISBN 978-7-5484-5951-4
定　　价：88.00 元

凡购本社图书发现印装错误，请与本社印制部联系调换。
服务热线：（0451）87900278

几句开场白

"十年前是尊前客，月白风清。忧患凋零，老去光阴速可惊。鬓华虽改心无改，试把金觥，旧曲重听，犹似当年醉里声。"我很欣赏欧阳修这阕《采桑子》词的豪情：鬓发已白使人惊心，可雄心还在，依旧不减当年。想及自身："廉颇老矣"，可尚能饭。我以八十之躯，终于完成了拙著《唐宋花卉诗词108首赏析》。

两千多年前的《诗经》《楚辞》中，便有了咏花的诗，只是未独立成篇。完整的咏花诗，出现于魏晋以后。随着唐诗、宋词的相继崛起、繁荣，许多诗人、词人为各种花卉创作了大量的咏花诗。此中，除了花之本身值得咏赞外，诗人、词人往往借花寓情，托物言志，这成为历代诗家咏花的规律手法。

几千年的中国历史，耽玩花卉往往是权贵、富豪人家的特殊嗜好。而今，随着人们生活水平的提高，爱花、赏花、养花也已成为普通老百姓的爱好与养生之道。而古典文学里的花卉诗、词，亦受到诸多文学爱好者与爱花者的青睐。

在大力弘扬国学复兴的盛世，我从唐诗、宋词里选了一些有代表性的咏花诗、词，予以较浅近的赏析，读者对象就是有初中文化以上的中学生、成人。所选的花卉诗、词，非循唐宋诗、词史脉络编就，全书选了一百余首咏花诗、词予以赏析，也不按作者生卒年或写作年代依次排列。赏析文字全用白话，不半文半白，对原诗大体上逐句梳理，但把重点放在了原诗的内蕴上；也不想正襟危坐当枯燥的"语文老师"，而是想努力做一个娓娓道来的朋友，以引发读者诸君的兴趣。

对每一种花，也做了一些专业性的介绍。花卉知识乃根据相关的权威资料编写，以保证其准确无误。

老朽谢陋菲才，书中错讹，敬请行家赐教。

如果能为读者欣赏咏花诗、词给予一点帮助，我将感到十分欣慰。

吴荣桦

2020 年 7 月 10 日于长沙橘园小区

目 录
CONTENTS

牡丹

清平调词三首—唐·李白

云想衣裳花想容，春风拂槛露华浓。
若非群玉山头见，会向瑶台月下逢。

一枝红艳露凝香，云雨巫山枉断肠。
借问汉宫谁得似？可怜飞燕倚新妆。

名花倾国两相欢，长得君王带笑看。
解释春风无限恨，沉香亭北倚阑干。

【花谱】牡丹别名花王、洛阳花、谷雨花、木芍药、百雨金等。芍药科，落叶小灌木，株高 1～1.5 米，枝条粗壮繁茂，初夏开花，朵大，花色丰富，有深红、粉红、黄、白、绿、黑等多种色彩。牡丹品种丰富，明代《二如亭群芳谱》中记载，牡丹有 180 多个品种；中华人民共和国成立后，又着力栽培，总数已有 300 种左右。自古以来较有名气的品种为御衣黄、文公红、姚黄、状元红、胭脂红、魏紫、黑花魁、王红，等等。

牡丹芳姿艳丽，自古以来，多植于园林及庭院的高燥处，用砖、石砌成花坛，仿佛雅致的盆景。若成片栽植，便成为牡丹园、牡丹圃，则极富诗情画意。

我国的唐、明、清三朝曾以牡丹为国花，是著名的观赏植物。牡丹原产中国，是我们中华民族繁荣兴旺、幸福美好的象征。"绝代只西子，众芳唯牡丹"。在全国人民遴选国花的当代，牡丹至今呼声最高，一直保持着领先。牡丹被誉为"花中之王"，在十大名花中被列为亚军。

【诗词赏析】第一位上场的是唐代大诗人李白。这三首诗是大诗人李白于天宝年间在长安奉职翰林时所作。那一日唐玄宗偕杨贵妃去沉香亭赏牡丹。亭中有白、红、淡红、紫四色牡丹盛开。玄宗兴致正浓，道："赏名花，对妃子，焉用旧乐词？"他派李龟年持金花笺召来李白，命作新词，李白当时已醉眼蒙眬，以水洒面后，挥笔立就《清平调词》三章。此三诗，历来被看作咏牡丹诗的代表作。

牡丹被誉为国色天香，贵妃是绝色佳人。李白于诗中将花色和人面融为一体，竟分不清哪是写花色，哪是写人面。李白当然明白玄宗召他来的意思，自当满足他的愿望。

第一首写的是白牡丹。起句"云想衣裳花想容"，是说天上的白云，一见到贵妃，就羡慕她身上那华美的衣裳；而牡丹一见到贵妃，就思慕她无比娇美的容貌。可是，白云和牡丹，均不及贵妃之美。次句"春风拂槛露华浓"，当和煦的春风吹拂着窗栏，那珍珠般的浓露正在滋润着牡丹花瓣。诗人在这里以和风、雨露，暗喻君王对贵妃深情的恩宠。接着写"若非群玉山头见，会向瑶台月下逢"，诗人咏赞如此绝美的花儿，只在天上王母居住的群玉山、瑶台仙境才能见到。群玉山、瑶台、明月，都像白色的牡丹；而牡丹亦似娇媚的贵妃。

第二首写的是红牡丹。起二句"一枝红艳露凝香，云雨巫山枉断肠"，先写那红牡丹美艳的花色和浓郁的花香，再写当年的楚怀王朝朝暮暮为巫山神女而失魂落魄。诗人是说，有了眼前这花容月貌冠绝天下的贵妃，君王才不会去为那什么神女断肠呢。后二句"借问汉宫谁得似？可怜飞燕倚新妆"，诗人再进一层抬高贵妃：莫说那传说中的神女，就是汉代的赵飞燕又怎样呢？可怜她还得倚仗新妆才能博得汉成帝的青睐，哪比得上当今贵妃的天然绝色！据说，当时由李龟年手捧檀板歌唱，伴奏有梨园弟子十六人，玄宗自吹玉笛和之；贵妃自个儿吟唱到此处，面上充盈笑意，心存谢意手捧美酒一盅赐李白饮下。

第三首再歌咏眼前情景。起二句"名花倾国两相欢，长得君王带笑看"，"名花"，指牡丹；"倾国"，指贵妃；"两相欢"，指花与人合二为一体。人花合一再加上君王玄宗，那就是三位一体了，长久厮守，长获恩宠，君王焉得不"带笑看"？第三句"解释春风无限恨"，春风即指玄宗，既然时时带笑，哪里还有什么恨不能消解的呢？末句"沉香亭北倚阑干"则点明玄宗贵妃赏花的地点——沉香亭北。一对相爱的情侣倚在栏杆边赏花，多么惬意啊。

后世有人说，高力士因李白叫他脱靴，觉得受辱，曾向杨贵妃进谗，云李白诗以飞燕之瘦，讥讽杨妃之肥，致后来李白遭玄宗"赐金以还"。此说不确。细品这三首诗，抬高是实，讥讽却无据。那种传说，乃强加曲解。何况，天资聪颖的大诗人也犯不着如此出格。

【作者简介】李白（701—762）字太白，号青莲居士，自称祖籍陇西成纪（今甘肃静宁西南），生于碎叶（今吉尔吉斯斯坦北部托克马克附近），后迁居绵州昌隆（今四川江油）。二十五岁出蜀，漫游各地。天宝初年，曾供奉翰林，唐玄宗爱其诗才曾予以特殊礼遇，但政治上并不予以重用。后又遭权贵嫉谗，愤而离去。经安史之乱，报国不成，反被流放。晚年漂泊困苦，卒于当涂。他是唐代大诗人，诗风雄奇豪放，想象丰富，语言流转自然，音律和谐多变。长于从民歌、神话中汲取营

养和素材，构成其特有的瑰玮绚烂的色彩，富有积极浪漫主义精神。有
《李太白集》。

〖**诗词格律**〗唐诗、宋词是我国文学的瑰宝。我们每每称韵文达到
高度成就时，总是说唐诗、宋词、元曲。清代御定《全唐诗》共收诗人
2837 人，诗 49403 首。唐代文化，是我国古代文化中最为光辉的文化之一，
它对东亚各国及世界上其他国家产生过难以估量的影响。而唐代文化，
就包括成就最高的诗歌。

唐诗、宋词以其卓越的艺术成就，千百年来一直闪烁着夺目的光辉。
本书选择有关花卉的诗词予以赏析。其中许多都是千古绝唱，脍炙人口，
我们能从中得到美好的艺术享受。

在这本书里，我们还将就所赏析的诗词，简介其有关的一些诗词的
格律常识。

先顺便提一下李白的这三首诗，所谓《清平调词》，本为古曲调名。
李白的这组诗是依调填词歌咏牡丹。这也是三首七绝。在唐代律诗形成
以前，已有绝句，虽押韵但平仄较自由。后人用"古绝句"以别于近体
绝句。

牡丹—唐·李商隐

锦帏初卷卫夫人，绣被犹堆越鄂君。

垂手乱翻雕玉佩，折腰争舞郁金裙。

石家蜡烛何曾剪，荀令香炉可待熏。

我是梦中传彩笔，欲书花叶寄朝云。

【诗词赏析】李商隐是晚唐时期的大诗家和骈文名家。不过，宋人黄彻在《䂬溪诗话》中说李商隐"好积故实"，这首诗正体现了诗人创作上的这个特点：全诗八句，一句用一个典，竟然用了八个典故。殊不知，这却为牡丹花增添了无尽的动人内涵，更丰富了诗歌的艺术表现手法。全篇八句，纯用过往之典故，不着"牡丹"一词，却句句写的是牡丹。而且，仔细品味，又会发觉它们既是写牡丹，也是写古人，字里行间，活动着的是窈窕的女郎，风流雅致，婀娜多情；但又是浓妆艳抹、国色天香的牡丹在你眼前招展。

首联"锦帏初卷卫夫人，绣被犹堆越鄂君"。卫夫人，指春秋时卫灵公夫人南子，当时以美貌著称。出句是说牡丹好像刚刚卷起的锦帏里面的卫夫人，让人想象着那挪移着轻巧脚步的美女在锦帏下的靓丽身姿；对句里的越鄂君，是指战国时楚王的母弟，貌极美，对句是说，牡丹又像绣被中妙龄的鄂君。美人如花，花如美人。

颔联"垂手乱翻雕玉佩，折腰争舞郁金裙"，这一联写的是汉高祖的妃子戚夫人。《西京杂记》中说："'戚'夫人善为翘袖折腰之舞。"垂手，不是说的手，而是一种舞蹈名。《乐府解题》里说："大垂手，小垂手，皆言舞而垂其手也。"雕玉佩：雕刻精美的玉石上的佩饰。这一联。让人想起在熏风中翩翩起舞的牡丹，体态轻盈，婀娜多姿。

颈联"石家蜡烛何曾剪，荀令香炉可待熏"，石家，指西晋时的荆州刺史石崇与贵戚争奢侈斗富，以蜡烛当柴烧。这里写的是牡丹有火一般艳丽的色彩。蜡烛照明，是不时地要剪烛花的，既然拿它当柴烧，当然不需要去剪了；荀令，指三国时曹操的谋士荀彧，曹操征伐在外，军国之事都交与荀彧筹划，称荀令君。相传荀彧曾得异香，到别人家坐，三日香气不绝，故称荀令香。这里用荀令君熏香的典故，形容牡丹扑鼻的芳香。

尾联"我是梦中传彩笔，欲书花叶寄朝云"。相传宋时一个名叫范质的人生下来时，其母梦神人授以五色笔，故范质九岁便能写一手美妙文章。还有一传说，梁时一个名叫江淹的人善诗，夜梦一男子，自称郭璞，对他说："吾有笔在卿处多年，可以见还。"江淹即从怀中取出五色笔授之；此后作诗，再无佳句，时人谓之江郎才尽（见《南史·江淹传》）。对句"朝云"，典出宋玉《高唐赋》，记楚襄王游云梦台馆，梦一妇人自称"巫山"之女。神女辞别时说："妾在巫山之阳，高丘之阻。旦为朝云，暮为行雨。朝朝暮暮，阳台之下。"后人立庙塑其像，号为朝云。这一联的意思是说，牡丹的动人妖媚之处，超过了巫山的神女，世上只有那五彩神笔才能描绘出牡丹的天姿芳容。

此诗层层推进、步步加深表现着牡丹的身影。首联写的是牡丹的色彩，颔联写的是牡丹的形态，颈联写的是牡丹的芳香，尾联写的是牡丹的神韵。其实，这八个典故与牡丹毫不相关，但是，在诗人的撮合之下，并不叫读者感到生涩，反而顿生新奇之感，这是对牡丹的另一种浓妆艳抹，更表现出牡丹的国色天香，真不愧是花中之王了。

【作者简介】李商隐（约 813—约 858）字义山，号玉溪生，怀州河内（今河南沁阳）人。曾任县尉、秘书郎和东川节度使判官等职。因受牛李党争影响，被排挤而潦倒终生。所作咏史诗多托古以讽今；"无题"诗很有名。他擅长律、绝，富于文采，极具独特风格，然而其诗有用典太多、意旨隐晦的不足。世存《李义山诗集》。

〖**诗词格律**〗自唐以后，诗分为两大类：古体诗和近体诗。古体诗是继承汉魏六朝的诗体；而今体诗则是唐代新兴的诗体。今体诗分两类：律诗与绝句。而律诗又分两类：五律和七律。

律诗，是近体诗的一种，格律严密，起源于南北朝，成熟于唐初。八句，中间两联必须对仗。第二、四、六、八句押韵，首句可押可不押，通常押平声。分五言、七言两体，简称五律、七律。若诗有十句以上者，称为排律。

律诗中，凡两句相配，称为一"联"。五律、七律中的第一联（一、二两句）称"首联"，第二联（三、四两句）称"颔联"，第三联（五、六两句）称"颈联"，第四联（七、八两句）称"尾联"。每联的上句称"出句"，下句称"对句"。

这就引出另一个名词叫"格律诗"。格律诗便是诗歌的一种，形式有一定的规格，音韵有一定的规律，要是有变化，也得按一定的规则。我们中国古典格律诗中常见的形式有五言、七言的绝句和律诗。至于词、曲，每调的字数、句式、押韵都有一定的规格，因此也可称为格律诗。

李商隐此诗八句五韵，押上平声十二文韵。

红牡丹——唐·王维

绿艳闲且静，红衣浅复深。

花心愁欲断，春色岂知心。

【诗词赏析】这首诗，取材的角度较新。王维是山水诗和山水画的大师，在这里，诗人采用写意画笔法，看似语句平淡，细细品味，却是言浅情深，含有悠然不尽的意味。这种写法，节奏短促，一气呵成，但内蕴丰富，在艺术上也显得不落俗套。

王维早期在思想上向往开明政治，情绪上开朗、积极；但在四十岁以后，由于政局的变化反复，他已看到仕途的艰险，便想超脱这个烦扰的尘世。他吃斋奉佛，开始过亦官亦隐的生活。依据这一思维分析，《红牡丹》一诗，当写于这种思想转折的时期。

"绿艳闲且静，红衣浅复深"，一"绿"一"红"，是写牡丹的绿叶和红花。绿叶闲静地扶托着颜色有浓有淡的红花，以写意的手法轻轻勾勒，显现着牡丹的神韵。

但诗人所要表达的心意却在后二句："花心愁欲断，春色岂知心。"诗人是在写花心吗？不，他是在写自己的内心。内心怎么样呢，是"愁欲断"。然而，这种"愁欲断"的内心，春色是理解不了的。这里的所谓"春色"，是指世人，他们不了解作者内心的愁苦。

王维早年也有过政治抱负，在张九龄任宰相时，他对现实充满了希望。然而，没过多久，张九龄被罢相贬官，朝政大权落到奸相李林甫手中，忠贞正直之士受到排斥打击，政治局面日趋黑暗，倚仗的靠山倒了，王维的理想也随之破灭。面对残酷的现实，他既不愿意同流合污，可又无能为力，他只能回避矛盾，转向"闲"与"静"的生活，对于这个正直而又软弱，再加上长期接受佛教影响的封建知识分子来说，自然就只剩下跳出是非圈子、返回旧时的园林归隐这一路途了。在他恬淡好静的外表下，内心深处的隐痛和烦"愁"，谁又能理解呢？

面对红花绿叶的牡丹，诗人触景伤情于写意中透露出他难言的心曲，一个"愁欲断"，始终无法消释沉郁而又幽愤的心情。

【作者简介】王维（701？—761）字摩诘，官终尚书右丞，世称王右丞。太原祁（今山西祁县）人，后迁居蒲州（今山西永济西）遂称河东王氏。晚年隐居蓝田辋川，过着亦官亦隐的优游生活。诗与孟浩然齐名，称为"王孟"。主要作品为山水诗，宣扬隐士生活和佛教禅理，笔力精细传神，有独特成就。兼通音乐，工书画。有《王右丞集》。

〖诗词格律〗王维的这首诗是一首五绝。五绝，五言绝句的省称。四句二韵或三韵。其平仄定格有四式。

（1）首句仄起不入韵式：⊗仄平平仄，平平仄仄平。⊕平平仄仄，⊗仄仄平平。所谓"仄起不入韵"，指首句第二字为仄声，首句不押韵。

（2）首句仄起入韵式：⊗仄仄平平，平平仄仄平。⊕平平仄仄，⊗仄仄平平。所谓"仄起入韵"，指首句第二字为仄声，首句押韵。

（3）首句平起不入韵式：⊕平平仄仄，⊗仄仄平平。⊗仄平平仄，平平仄仄平。所谓"平起不入韵"，指首句第二字为平声，首句不押韵。

（4）首句平起入韵式：平平仄仄平，⊗仄仄平平。⊗仄平平仄，平平仄仄平。所谓"平起入韵"，指首句第二字为平声，首句押韵。

（有圆圈者表示平仄均可。短横线表示韵脚。）

平仄格式，五言诗句为一、三不论，二、四分明。

王维此诗采用的是仄起不入韵式，押下平声十二侵韵。

牡丹——唐·皮日休

落尽残红始吐芳，佳名唤作百花王。

竞夸天下无双艳，独占人间第一香。

【诗词赏析】皮日休是晚唐时期的诗人，他生活的时代，政治腐败，因此，当黄巢领导的农民起义爆发后，他便义无反顾地参加了。后来，黄巢杀入长安称帝，他任翰林学士，且称黄为"圣人"，并作诗以赞："欲知圣人姓，田八二十一；欲知圣人名，果头三屈律。"

因此，他这首《牡丹》诗，完全是借吟咏百花王牡丹来赞美黄巢的。

首句"落尽残红始吐芳"，是写在那晚春时节，诸多的花卉都已经凋谢了，而牡丹却亭亭玉立，散吐着阵阵的芳香，得到众多人士的欢迎和赞赏，"佳名唤作百花王"。

人人都喜爱牡丹，"竞夸天下无双艳，独占人间第一香"，此处暗指黄巢的起义得到广大老百姓的欢迎与支持，黄巢还杀入了长安，"独占人间"，坐上了金銮宝殿，怎能不是"第一香"呢？

皮日休的这首诗，正好与黄巢的那首《不第后赋菊》前后呼应："待到秋来九月八，我花开后百花杀。冲天香阵透长安，满城尽带黄金甲。"黄巢的诗借赋菊言志，他皮日休则借咏牡丹来讴歌黄巢。

四句诗，明白如话，主旨鲜明，尤其是末一句"独占人间第一香"常为人津津乐道。

【作者简介】皮日休（约838—883）字逸少，后改字袭美，襄阳（今湖北襄樊市襄州区）人。咸通举进士，曾任太常博士。后参加黄巢起义，任翰林学士。其诗文与陆龟蒙齐名，人称"皮陆"。他的一些诗篇，揭露了统治阶级的腐朽，反映了人民的疾苦。他的死，说法不一。一说因故被黄巢所杀，一说在黄巢兵败后为唐王朝所杀。世存《皮子文薮》。

〔诗词格律〕这是一首七绝。七绝，七言绝句的省称。四句二韵或三韵。平仄定格有四式。

（1）首句平起入韵式：平平仄仄仄平平，仄仄平平仄仄平。仄仄平平平仄仄，平平仄仄仄平平。

（2）首句平起不入韵式：平平仄仄平平仄，仄仄平平仄仄平。仄仄平平平仄仄，平平仄仄仄平平。

（3）首句仄起入韵式：仄仄平平仄仄平，平平仄仄仄平平。平平仄仄平平仄，仄仄平平仄仄平。

（4）首句仄起不入韵式：仄仄平平平仄仄，平平仄仄仄平平。平平仄仄平平仄，仄仄平平仄仄平。

（有圆圈者表示平仄均可。短横线表示韵脚。）

平起式，指首句第二字为平声；仄起式，指首句第二字为仄声。

平仄格式，七言诗句为一、三、五不论，二、四、六分明。基本是这样，但不全面、不准确，对有些句型就不适用。

皮日休此诗采用的是仄起入韵式，四句二韵，押下平声七阳韵。

牡丹——唐·薛涛

去春零落暮春时，泪湿红笺怨别离。

常恐便同巫峡散，因何重有武陵期？

传情每向馨香得，不语还应彼此知。

只欲栏边安枕席，夜深闲共说相思。

【诗词赏析】诗题为《牡丹》，看来女诗人是想将牡丹作为客体吟咏一番。可是不然，我们将全诗一读，发现全诗表露的是女诗人对牡丹的相思、爱恋之情，客体牡丹不过是主体即女诗人自己倾吐感情的对象。而实际上，女诗人是以牡丹替代人，那么，此"人"——一定如同牡丹那样超逸万卉了。仔细一品，这花中之王也即人中之龙，就是女诗人的红尘知己了。我们且看看女诗人是怎样倾吐她对知己的渴慕吧。

首联"去春零落暮春时，泪湿红笺怨别离"，眼前牡丹盛开，诗人却想到去年暮春时节牡丹凋谢而辞别了知己，从"去年零落"再到今春又开，这中间的痛伤离别，使诗人在深红色的稿笺上滴落过多少泪水！红笺，当指名传一时的薛涛纸，是诗人自己创制的深红色小笺。这首二句是不是暗指那位红尘知己已经离别经年了呢？花谢能再开，离去的人什么时候能归来呢？花开人不见，怎能不"泪湿红笺"呢？

因此，诗人便情难自抑地发出怨叹："常恐便同巫峡散，因何重有武陵期？"人未归来，花却又重开，真叫人常常担心，这花又会像楚襄王与巫山神女那样，一散而再难重欢。此处，着一"便同"，将牡丹与诗人心目中思念之人，糅合起来：花如人，人若花，但愿能出现某种意想不到的奇迹，像武陵渔人发现桃源仙境那样，可以与知己再度相逢。但愿生离不若死别。这颔联二句，表达出诗人渴念之情是何等浓烈！

要是真有重聚的那一刻，一定会是如此美好的情景，于是自然便引出了颈联："传情每向馨香得，不语还应彼此知。"牡丹传情，唯有一瓣馨香；恋人重聚，无声胜过有声。无须你心换我心，彼此都知根知底。这里二句也可理解成：花以馨香传情，也能体察和理解诗人的内心感念，花与人同感，无须明说，诗人与花互为相怜的知音。

结语，即尾联"只欲栏边安枕席，夜深闲共说相思"，从"不语"到"共说"，在感情上并无质的突变，只有情的叠增。什么时候"共说"呢？那就是只想在栏边安上枕席，诗人卧于牡丹丛中，倾诉她对远方知己的爱慕和怀想。这新奇而美丽的境界，将诗人的哀情升华到了极致！

全诗并不着意正面描写牡丹，只写诗人面对牡丹花开时思念知己的情感，因而全诗的意境高妙，亲切感人。

【作者简介】薛涛（？—832）字洪度，长安（今陕西西安）人。幼时随父入蜀。薛涛貌美聪慧，通晓音律，8 岁能诗。后为乐伎。因以诗闻名，时人称为校书。王建《寄蜀中薛涛校书》诗曰："万里桥边女校书，枇杷花里闭门居。扫眉才子于今少，管领春风总不如。"薛涛交游广泛，与元稹、白居易、刘禹锡、杜牧等20余人都有唱和。晚年居成都浣花溪，自制深红色小彩笺，后人仿造，称"薛涛笺"。《蜀笺谱》说73岁时去世。现存薛涛诗以赠人之作较多，情调伤感。近人张蓬舟辑有《薛涛诗笺》。

〖诗词格律〗薛涛的这首诗是一首七言律诗。采用的是平起入韵式，八句五韵。押上平声四支韵。

七律，八句四韵或五韵。其平仄定格有四式。

（1）首句平起入韵式：⊕平⊛仄仄平平，⊛仄平平仄仄平。⊛仄⊕平平仄仄，⊕平⊛仄仄平平。⊕平⊛仄平平仄，⊛仄平平仄仄平。⊛仄⊕平平仄仄，⊕平⊛仄仄平平。

（2）首句平起不入韵式：⊕平⊛仄平平仄，⊛仄平平仄仄平。⊛

仄平平平仄仄，平平仄仄仄平平。平平仄仄平平仄，仄仄平平仄仄平，仄仄平平平仄仄，平平仄仄仄平平。

（3）首句仄起入韵式：仄仄平平仄仄平，平平仄仄仄平平。平平仄仄平平仄，仄仄平平仄仄平。仄仄平平平仄仄，平平仄仄仄平平。平平仄仄平平仄，仄仄平平仄仄平。

（4）首句仄起不入韵式：仄仄平平平仄不仄，平平仄仄仄平平。平平仄仄平平仄，仄仄平平仄仄平。仄仄平平平仄仄，平平仄仄仄平平。平平仄仄平平仄，仄仄平平仄仄平。

（有圆圈者表示平仄均可。短横线表示韵脚。）

所谓仄起式，指首句第二字为仄声；平起式，指首句第二字为平声。

格律诗的平仄格式有个通俗口诀，为"一三五不论，二四六分明"。是说七言诗句第一、三、五字平仄可以不拘，第二、四、六字必须依照格式，平仄相间，不能变动。而五言诗句则为一、三不论，二、四分明。一般是这样。对照薛涛的这首七律诗，便能知道其大概了。

鹧鸪天—宋·辛弃疾

翠盖牙签几百株， 杨家姊妹夜游初。

五花结队香如雾， 一朵倾城醉未苏。

闲小立， 困相扶， 夜来风雨有情无。

愁红惨绿今宵看， 却似吴宫教阵图。

【诗词赏析】辛弃疾是南宋最杰出的爱国词人之一，辛词以豪放悲壮为主，在金戈铁马、激昂慷慨之中，居然有闲空执笔写花儿的词，真是少见。此词属于辛词中的另一面的婉约风格，可在婉约中仍显露出几分刚气，没有半点柔媚。

先看上阕。首句"翠盖牙签几百株"，他见到的牡丹不是单株独棵，而是几百株的群体，宛若千军万马。词人没有对牡丹进行细微的刻画，只用四字"翠盖牙签"向读者强调这一丛牡丹好似一支强大的队伍。可谁知突然来了一群杨家姊妹，她们夜游牡丹园。"五花结队香如雾，一朵倾城醉未苏"。词人在这里进行了想象，有意将富贵如牡丹的杨贵妃糅合进来，而且是一群，"五花结队"。"五花"当指杨家姊妹，可又像是牡丹的多样品种、多样颜色。"香如雾"，是写牡丹，也或者是杨家姊妹，它们（她们）浓郁的芬芳有如雾之缭绕，升腾弥漫，令人陶醉，以至于"一朵倾城醉未苏"。这"一朵"，是写杨贵妃的"醉"吗？她能被酒醉，难道就不会被花醉吗？但也可能是其中有一朵牡丹也被醉了，因而显得极其妖媚绰约。

转而进入下阕。游园的杨家姊妹"闲小立，困相扶"，春困意浓也只算在花丛中小憩。她们睡眼惺忪，却担心起一件事来：要是下起雨来，牡丹花该怎么办？如果风雨多情，那只是润涤一番红花绿叶；可要是风雨无情，只怕会对牡丹是一种摧残，今晚会出现叫人不忍目睹的"愁红惨绿"！到底是带兵的将领大员，辛弃疾想起了孙武在吴宫教宫女们排列军阵的图景。在写牡丹的婉约之笔力中，抹上重重的阳刚之气韵。

【作者简介】辛弃疾（1140—1207）字幼安。号稼轩，历城（今山东济南）人。青少年时期生活在金兵占领的北方地区，二十多岁时投奔农民起义军积极抗金。南宋时期曾多次上书朝廷，主张收复中原以统一国土，反遭排斥和打击，并被免职，闲居江西农村二十多年。开禧（1205）年间，曾一度出任浙东安抚使和镇江知府，不久又被弹劾去职，两年后忧惧成疾而死。辛词的风格以豪放悲壮为主，他的爱国辞章爱憎分明，艺术感染力很强，其词对后世产生了极深远的影响。有《稼轩长短句》，存词六百多首。

〖**诗词格律**〗词起源于唐代，是以汉族民间音乐为主，糅合少数民族及外来音乐而形成的新体裁。词的全名是"曲子词"。由于这些"曲子"的唱法今已不传，现在我们能欣赏的，就只有文辞了。所以，"曲子词"便省称为"词"。现在最早的文人词，当数盛唐时的大诗人李白的《忆秦娥》和《菩萨蛮》，被尊为"百代词曲之祖"。到中唐，倚声填词已成风气，再到晚唐，这一新型的文学样式便基本成熟了。当历史进入两宋时期后，词的创作呈现鼎盛气象。

词的特点是长短句，因此，词也叫作"长短句"。按照字数多少，词可以分成三大类：58 个字以内叫小令，59 至 90 字叫中调，91 字以上叫长调。词有词牌，可词牌只表示某词的平仄、字数、句数和韵脚。按照词谱写词，叫作"填词"。

辛弃疾《鹧鸪天》的词谱（双调 55 字，上下片各三平韵）：

Ⓧ仄平平Ⓧ仄平，平平Ⓧ仄仄平平。Ⓟ平Ⓧ仄平平仄，Ⓧ仄平平Ⓧ仄平。

平仄仄，仄平平。Ⓟ平Ⓧ仄仄平平。Ⓟ平Ⓧ仄平平仄，Ⓧ仄平平Ⓧ仄平。（有圆圈者表示平仄均可。短横线表示韵脚。）

咏重台九心淡紫牡丹—宋·杨万里

紫玉盘盛紫玉绡，碎绡拥出九娇娆。

都将些子玉金粉，乱点中央花片梢。

叶叶鲜明还互照，亭亭丰韵不胜妖。

折来细雨轻寒里，正是东风拆半苞。

【诗词赏析】这诗里的所谓"九心淡紫"，实际指的是九蕊真珠，是牡丹花种中的珍品，它别具特色：花开有九蕊，且花瓣上有一像珍珠似的白点，因此才叫作九蕊真珠。九蕊真珠的花色有两种：一是红色的，一是淡紫色的，这两种花都极被人们所喜爱。

杨万里是南宋著名的大诗人，在诗坛上自成一家，其诗号称"诚斋体"。"诚斋体"有什么特点呢？那就是作诗时，要随着不同的感受，别出心裁，不落俗套而别具新意。这首写牡丹的诗正体现了这一特点。

先看首联"紫玉盘盛紫玉绡，碎绡拥出九娇娆"，诗人在这里将淡紫色的牡丹花盘比作紫玉色的托盘，而淡紫色的花瓣又像轻薄艳丽的紫色绢绸；那重重叠叠的花瓣，似乎是被零碎的绸绢簇拥着。诗人将九心淡紫牡丹的形态，以特定的镜头逼真地展现在我们的眼前。

诗人将这一特写镜头再放大，于是引出颔联"都将些子玉金粉，乱点中央花片梢"，完全写的是花瓣了：好像有人把一些玉金粉，散乱地点缀在花瓣上，使得牡丹的花瓣不单单是淡紫色，还闪耀着金玉的光芒。这样漂亮的牡丹怎不叫人喜爱！

颈联"叶叶鲜明还互照，亭亭丰韵不胜妖"，特定镜头看过，再观牡丹的全貌：鲜明的片片绿叶像姊妹那样互相照应，扶护着九蕊花瓣，才使得牡丹亭亭玉立、分外妖娆。不胜，副词，非常、特别的意思。

这一丛九蕊真珠牡丹是种植在诗人的庭院里，因之，尾联"折来细雨轻寒里，正是东风拆半苞"，是写诗人因特别喜爱，在细雨轻寒里，折下一两枝牡丹花，而这个时候正是东风吹拂，牡丹含苞半放之时。

整首诗中没有那种衰飒伤感的情调，而是充满对仲春景色的赏爱流连，格调清新明快，用笔细腻，写景真切，表现了诗人静观自得的心情。诗人手眼敏捷，语言通俗明快，能把刹那所感，活泼新颖地表现出来，正是"诚斋体"的特色。

【作者简介】杨万里（1127—1206）字廷秀，号诚斋，吉州吉水（今属江西）人。孝宗时中进士，光宗时任秘书监。主张抗金。工诗善文，与尤袤、范成大、陆游齐名，称为南宋四大家。他写诗初学江西派，后学王安石及晚唐诗，终自成一派，被称为"诚斋体"。他一生作诗两万多首，有《诚斋集》留世。

〖诗词格律〗杨万里的这首诗采用的是仄起入韵式，八句五韵。押下平声二萧韵。中间二联对仗工整。

再说一说宋诗的特点。其实，宋诗与唐诗是我国古代诗歌史上的两大类型。当代权威学者经研究得出：宋诗与唐诗最大的区别在于，唐诗重"象"，宋诗重"意"。唐诗重在描绘形象，通过形象表达感情、思想；宋诗则重于直接表现感情、思想。所以，宋诗往往多议论，语言也不像唐诗那样简洁、凝练。如唐诗中李白的《望庐山瀑布》"日照香炉生紫烟，遥看瀑布挂前川。飞流直下三千尺，疑是银河落九天"，描写的是瀑布本身的形象，向人们展示了瀑布的具体情形，表达着对瀑布的喜爱之情。而宋诗呢，如苏轼的《题西林壁》"横看成岭侧成峰，远近高低各不同。不识庐山真面目，只缘身在此山中"，没有写出庐山的具体面目，表达的是看山人的一种哲理性思考。其实，言理或言情都无关紧要，能将诗写好就行。只认定唐诗比宋诗好的观念是偏狭的。春菊，秋兰，都是可爱的。你认为呢？

蜀花以状元红为第一，
金陵东御园紫绣球为最
——宋·范成大

西楼第一红多叶，东苑无双紫压枝。

梦里东风忙里过，蒲团药鼎鬓成丝。

【诗词赏析】诗中提到的状元红和紫绣球，都是牡丹花的珍品。状元红，花为深红色，花的直径达 20 ～ 30 厘米，芳香浓郁，盛开时艳丽夺目，被人们称为状元。紫绣球，花开成绣球状，花冠硕大，色深紫艳丽。四句诗，赞扬了两种牡丹花。

但是，诗人的这首诗却是借物咏怀之作。

前二句赞扬的是花。"西楼第一红多叶，东苑无双紫压枝"，西楼，东苑，泛指蜀地。成都平原自古以来便盛产牡丹。北宋布衣宰相范纯仁（范仲淹子）曾有诗曰："牡丹开蜀圃，盈尺莫如今……"在诗人范成大看来，四川的花还真得数状元红为第一，冠盖群芳，就因为它花红而多叶；而紫绣球也不逊色，它"压"过其他所有的花卉。这两句诗恰好也体现了宋诗重"意"不重"象"的特点，不刻意去详细描摹花这一物体的具体形象，点到为止。

何况，诗人的本意重在抒怀明志，于是才有后两句："梦里东风忙里过，蒲团药鼎鬓成丝。"诗人范成大一生仕途比较顺利，官位较高，外任镇帅，内官做到参知政事，在南宋诸多诗人中最为显达；再论作诗，他诗词上万篇，成就显赫。杨万里这样评价他："今海内诗人，不过三四，而公皆过之，无不及者。"所以，诗人也自信地觉得自己是"第一"，足以"压"过众多才子。

然而，他为官三十余年，平生南北驱驰，尽管当官的历程不曾遭遇大的磨难（是在东风之下而非苦雨之中忙碌着），然而，他并不是一个热衷功名的人，居官虽勇于报国，可又时时存退隐之心。他这次是由桂林入四川任制置使，本来就是病后勉力而行，动身之时，就写有"纵有百年今过半，别无三策但当归"的诗句。他意思很明显：人生纵有百年之寿，自己如今已过了一半；既然在为人处世方面别无周全的良策，就只能是及早归隐了。"蒲团"，佛教打坐和跪拜时用的草垫；"药鼎"，道教炼丹的器物。诗人在五十岁以后便对仕宦生涯感到厌倦，中年后受佛、道思想影响很深，如今看到牡丹花，见景生情，触发乡思，感叹身世飘零、年纪老大，含蓄地表现了油然而生的特殊感触；一个有报国之志的正直的士大夫，他既不动功名之念，但求温饱，何必再追求富贵飞腾呢？

由花的"第一"到"鬓成丝"，这种对立心情，构成了此诗深婉而不低沉、萦回而不失开阔的基调，准确地表现了诗人这个时候的感受。借花抒怀，感从花生，不是凭空而来，抒发得自然，语言也明白畅快；然好作议论，则又显示出宋诗的特点。

【作者简介】范成大（1126—1193）字致能，号石湖居士，苏州吴县（今属江苏苏州）人。绍兴二十四年（1154 年）中进士。官至四川制置使、参知政事等职。晚年退居故乡石湖。与尤袤、杨万里、陆游并称为南宋四大家，以善写田园诗著称。有《石湖居士诗集》《石湖词》等作品。

〖诗词格律〗这是一首七绝诗。采用的是平起入韵式，四句二联。押上平声四支韵。起首二句对仗工整："西楼"对"东苑"，"第一"对"无双"，"红多叶"对"紫压枝"。就是说，对仗须用同类词性，如名词对名词，代词对代词，副词对副词，虚词对虚词，形容词对形容词。古人把名词分成天文、时令、地理、器物、饮食、衣饰、文具、文学、草木、形体、人事、人伦、鸟兽虫鱼等门类。这种严格的对仗，词性、词类都要相对，称之"工对"，这是诗律术语。

　　而下面的三四句，只要词性相同，也可相对。如"梦里"对"蒲团"，"东风"对"药鼎"，"忙里过"对"鬓成丝"。在诗律术语里叫作"宽对"，或称"借对"。

　　必须指出的是，绝句一般不须对仗。但作者偶尔作之，也可。范成大的这首七绝，便是如此，且出手不凡，不愧大家。

梅

花

山园小梅—宋·林逋

众芳摇落独暄妍，占尽风情向小园。

疏影横斜水清浅，暗香浮动月黄昏。

霜禽欲下先偷眼，粉蝶如知合断魂。

幸有微吟可相狎，不须檀板共金樽。

【花谱】梅花是我国所独有的珍贵花木品种。

梅花别名酸梅、春梅、干枝梅等。落叶乔木，高4～10米，早春开花，花先叶后。花色颇多，有白、淡红、粉、绿、绛紫、金黄各色，香气浓郁。梅分果梅和花梅两大系统。我们通常所说的梅花是指观赏的花梅。

梅的果实为球形，未熟时为青色，成熟后呈黄色；味极酸，加工成"乌梅"，供药用和制饮料用。

梅花香气清幽，醉人心目。梅树苍劲挺秀，愈老观赏价值愈高，因此有"老梅花，少牡丹"之说。自古赏梅讲究"三美""四贵"：以曲为美，直则无姿；以欹为美，正则无景；以疏为美，密则无态。贵稀不贵繁，贵老不贵嫩，贵瘦不贵肥，贵合不贵开。

梅花于冰雪中开放，是刚强、坚毅和高洁的象征。"岁寒三友"（松、竹、梅）中有梅，"四君子"（梅、兰、竹、菊）中有梅。梅花的栽培起源于商代，距今已有近四千年的历史了；到隋唐时代，植梅咏梅之风盛极一时。世界上最早的梅花专著就是宋代的范成大所著的《范村梅谱》。

梅花，被誉为"花魁"；在十大名花中被称为冠军。

【诗词赏析】宋代诗人林逋一生隐居杭州西湖孤山，无妻无子，种梅养鹤以自娱，且终身不仕，人称其"梅妻鹤子"，称赞他"弗趋荣利""趣向博远"的独特个性与情操。这首《山园小梅》是他咏梅诸多作品中的佳品。

诗一开端，首联"众芳摇落独暄妍，占尽风情向小园"，抒写梅花傲雪的品格与风韵。用一个"独"字，一个"尽"字，渲染了梅花面对严寒冰雪昂然挺立的身影。其实，这何尝不是诗人自己的人格化身！

颔联"疏影横斜水清浅，暗香浮动月黄昏"乃是咏梅的千古名句，它把梅花的气质神韵写得淋漓尽致，给我们描绘出了一幅绝妙的水边月下梅花图景。画中的主体是梅花，意境高远、清幽。高空是一轮朦胧的弯月，清澄的溪水映照着斜伸的梅枝，让人陶醉在缕缕清香里。"疏影""暗香"在这里用绝了。欧阳修说："前世咏梅者多矣，未有此句也。"当然，这两句所本乃五代后唐江为的残句："竹影横斜水清浅，桂香浮动月黄昏。"林逋只将"竹""桂"改为"疏""暗"，就把梅花的神韵空前突出了。辛弃疾还曾赋词奉劝文人墨客再不要草草写梅："未须草草赋梅花，多少骚人词客。总被西湖林处士，不肯分留风月。"就因为这联特别有名，"疏影""暗香"二词成了后人填写梅词的调名。

再说颈联"霜禽欲下先偷眼，粉蝶如知合断魂"，诗人在正面描写之后，随即予以侧面烘托。霜禽，白色的冬鸟，在这里，当指诗人宠爱的白鹤。白鹤如同主人一样也爱梅花，它飞下来之前先偷看梅花几眼；粉蝶更是对梅花爱到了销魂的地步！

梅既是诗人的"妻"，那么，知妻莫若夫呀，因此，素知梅花秉性的诗人，痛惜如爱妻的梅花，自然生怕人们冒犯了梅花，烦扰了梅花的静谧清高，所以，在尾联"幸有微吟可相狎，不须檀板共金樽"，告诫他人对梅花只能以"微吟"相向，根本不需要"檀板""金樽"的豪华热闹。只有这样，才是对梅花的真正热爱。

全诗咏物与抒怀，如同"妻唱夫随"，达到了水乳交融的境界。南宋龙图阁学士王十朋说："暗香和月入佳句，压尽千古无诗才。"这首诗对后世的影响真是大极了。

【作者简介】林逋（967—1029）字君复，钱塘（今浙江杭州）人。早年浪迹江湖，后归隐杭州，隐居孤山二十年，种梅养鹤，终身不娶，亦不做官，时人称"梅妻鹤子"。死后谥和靖先生。其诗风格淡远清雅。有《林和靖诗集》。

〖诗词格律〗这是一首七律诗。采用的是平起入韵式，八句五韵。押上平声十三元韵。全诗四联。首、尾二联不须对仗，颔联、颈联必须对仗。都是刻画梅花的品格：首联写其孤傲，颔联突出幽香，颈联写出其坚毅，尾联道其淡雅。花之品格，就是诗人的品格，正如苏轼品评林逋所言："神清骨冷无尘俗。"尤其是颔联，多年后的著名词人姜夔竟依此自创"疏影""暗香"二词调。

卜算子·咏梅——宋·陆游

驿外断桥边，寂寞开无主。

已是黄昏独自愁，更着风和雨。

无意苦争春，一任群芳妒。

零落成泥碾作尘，只有香如故。

【诗词赏析】乾道二年（1166年），诗人陆游因"力说张浚用兵"的罪名，被朝廷罢免了隆兴通判的官职后，遂开始西行远游。这一天寒冬的黄昏，他行至驿站外的荒野小道旁，无意中看见了一株小小的梅花。上阕四句"驿外断桥边，寂寞开无主。已是黄昏独自愁，更着风和雨"。点明了梅花开的地点与环境：就在驿站的断桥边，那株梅花在寂寞地开放。不但没有人怜爱地观赏，自个儿在黄昏中忧愁，偏偏还遭受着霜风冷雨的无情打击。

可这哪里只是在写梅花，更是词人自身的真实写照。陆游是著名词人，更是杰出的爱国诗人。他的一生，怀抱着抗金救国的壮志。可他长期被投降派排挤打击。当时的南宋小朝廷坚决主和，奸人当道，陆游横遭迫害，也只能仰天长啸！

下阕歌咏梅花的光辉品质："无意苦争春，一任群芳妒。零落成泥碾作尘，只有香如故。"梅花宁愿在风霜中挺拔直立，也决不会窜到春天里去争奇斗艳，听任"群芳"说三道四。这里的"群芳"，自是指那些投降派官僚。词人再次表明了绝不会因为罢官而放弃爱国初心，更不会屈尊与卖国的投降派同流合污。

对梅花而言，哪怕是惨遭饕风和冷雨的无情摧残，坠落于地，被万千铁蹄——遭金人侵略——踩踏而碾成尘土，也会永葆清香。清香，就是梅花的秉性，就是梅花的灵魂！这也是词人自身的高贵品性。乾道九年，词人在《言怀》一诗中就表示了这种高节："兰碎作香尘，竹裂成直纹；炎火炽昆冈，美玉不受焚。"陆游的一生是失意的一生，可他的爱国热情至死也不曾消退，恢复河山的信念没有动摇过。我们通过这首词，更会被他对国家民族一往情深、九死不悔的精神而强烈地感染。

这首词固然是一首千古绝唱，而在 1961 年 12 月，毛泽东同志"读陆游咏梅词，反其意而用之际"，吟出了"风雨送春归，飞雪迎春到。已是悬崖百丈冰，犹有花枝俏。俏也不争春，只把春来报。待到山花烂漫时，她在丛中笑。"毛泽东同志"反其意"，是反的什么意呢？他认为陆游的这首词流露着一种孤芳自赏的情绪。毛泽东同志词的境界与情怀，自是远远高出陆游的词。但陆游的那种宁肯粉身碎骨，也要"香如故"的坚韧、自信，仍然让我们为之赞叹。

【作者简介】陆游（1125—1210）字务观，号放翁，越州山阴（今浙江绍兴）人。生于北宋灭亡之际，少年时即有爱国思想。绍兴中应礼部试，为秦桧所黜。孝宗即位，赐进士出身，曾任镇江、隆兴通判。后官至宝谟阁待制。在政治上，主张坚决抗金，但一直受到投降派的压制。晚年退居家乡，但收复中原的信念始终不渝。与尤袤、杨万里、范成大并称南宋四大家。存诗九千多首，内容极丰富。亦工词，明代杨慎谓其词纤丽处似秦观，雄慨处似苏轼。他初婚唐氏，在母亲压迫下离异，其痛苦之情倾吐在《沈园》《钗头凤》等诗中，真挚动人。有《剑南诗稿》《渭南文集》《南唐书》《老学庵笔记》等。

【诗词格律】词起源于唐代，盛行于宋代。词是从诗发展来的，它在自身的发展中形成了独特的体制和风格，成为唐宋时代与古、近体诗并行但有着质的差别的重要抒情诗体。唐宋词是中国文学发展的一个新阶段，是唐宋文学的光辉成就之一。

词的特点是长短句，所以有人也把词叫作"长短句"。

按照词的段落，词可分为四类：一、不分段，称为单调，常是小令；

二、分为前后两段，又叫前阕（片）、后阕（片），称为双调；三、分为三段，称为三叠；四、分为四段，叫作四叠。常见的是双调，其次是小令；三叠、四叠不常用。

作词与作诗不同。作词要"按谱填词"。词有词牌，如《菩萨蛮》《忆江南》《卜算子》，等等。但词牌不是题目，它们只是表示某词的平仄、字数、句数、韵脚等。那时人们把每一词的平仄、字数、句数、韵脚标示出来，成为词谱。按照词谱写词，就叫作"填词"。

陆游的这首词《卜算子》原义是"卖卜算命之人"。双调，仄韵，四十四字，上下片各四句，在偶数句用仄韵，奇数句末字须用平声。

《卜算子》又名《百尺楼》《眉峰碧》《缺月挂疏桐》《黄鹤洞中仙》《楚天遥》。

《卜算子》词谱（双调44字，上下片各二仄韵）：

⊙仄仄平平，⊙仄平平仄。⊙仄平平仄仄平，⊙仄平平仄。

⊙仄仄平平，⊙仄平平仄。⊙仄平平仄仄平，⊙仄平平仄。

（有圆圈者表示平仄均可。短横线表示韵脚。）

江梅——唐·杜甫

梅蕊腊前破，梅花年后多。

绝知春意好，最奈客愁何？

雪树元同色，江风亦自波。

故园不可见，巫岫郁嵯峨。

【诗词赏析】我们来看看诗人杜甫的这首五律诗。

诗人于离乱中四处漂泊，吴越、燕赵、长安、成都，一腔愁苦的"故园不可见"之情便充溢在这首诗中。

江梅，是生于山间水滨的野梅，年前破蕊，年后怒放。诗人此时信步江边，于寒霜冷雪中独对江梅，吟出了首联"梅蕊腊前破，梅花年后多"，"腊前"，正是"鱼奔深塘客奔家"的时刻，诗人却流寓巴蜀；"年后"，更是阖家团圆欢聚的佳节，可诗人却老病异乡。明里写江梅的团簇开放，实寓诗人内心里的离索、漂泊之痛。

颔联"绝知春意好，最奈客愁何？"，进一步以花好反衬乡愁：江梅在大年时节傲霜斗雪，笑迎"春意"，却不理解诗人满腹"客愁"，那又能奈江梅何呢？一"绝"一"最"，衬托"客愁"之深。

颈联"雪树元同色，江风亦自波"，大雪飘飞，笼罩着江梅，洁白的梅花与晶莹的雪花原本一色，诗人的眼前是一片白茫茫大地；移目江上，悠悠的江水，在冷风的吹拂下，泛起连绵的波浪。只有"雪树"，只有"江风"，就是不见"故园"！

因此，才有末联"故园不可见，巫岫郁嵯峨"的沉痛感慨。故园看不见，是因为巫山巫峡的阻隔吗？要完全是因为自然环境的话，诗人就不会用一个"郁"字来表达其思乡客愁的无奈和沉痛了！八年离乱，该积郁多少的愁苦和颠沛！动荡的时局，才是"故园不可见"的根本因素。心中郁结的忧愁，像群山那样高峻嵯峨，如巫山那样愤怒奔腾。

全诗托物寄情，正体现了杜诗"沉郁"的典型风格。由眼前的江梅到高天的江风，再及悠远的巫岫，由近至远，托意深邃，在物象的背后深藏着诗人的忧愁之声和凄凉之情。

【作者简介】杜甫（712—770）字子美，自称少陵野老。原籍襄阳（今属湖北），自其曾祖时迁居巩县（今属河南）。开元后期，举进士不第，便漫游各处。后寓居长安近十年。及安禄山之乱，他谒见肃宗，官封左拾遗。长安收复后，弃官移家成都，筑草堂于浣花溪上。晚年携家出蜀，病死湘江途中。其诗显示了唐代由盛到衰的历史过程，被称为"诗史"。以古体、律诗见长，风格多样，而以沉郁为主。有《杜工部集》。

〖诗词格律〗五律，五言律诗的简称。八句四韵或五韵。此诗首句入韵，故为五韵。押下平声五歌韵。八句四联，每联均对仗工整。大诗家出手，便不同凡响，不着雕琢痕迹。

早 梅—唐·齐己

万木冻欲折，孤根暖独回。

前村深雪里，昨夜一枝开。

风递幽香出，禽窥素艳来。

明年如应律，先发映春台。

【诗词赏析】这是一首咏花寄情的诗。全诗刻画梅花傲岸不屈的品性，寄托着诗人高洁的情怀。在早梅那不畏寒霜的高远境界里，跳荡着诗人自己的身影，物我交融，意蕴深远。

首联"万木冻欲折，孤根暖独回"，写梅花在酷寒的冬天鹤立怒放，所有的树木都承受不住严寒的打击，连枝干都快要被冻折了，而独有梅花树，它的根茎深入到地下，从深土层吸取了暖和的气息，因此浑身（整株树）充满了旺盛的生命力。这起二句便以万木凋零反衬出梅花的强旺。

颔联"前村深雪里，昨夜一枝开"，点明题目早梅的"早"意。诗人的观察力是入微的，对梅花更是投注着偏爱，他盼望着梅树早早开放，因此，当梅树开出第一枝花朵时，就被诗人欣欣然地发现了！而且是在一个冷僻的大雪覆盖的"前村"里，时间是在无人的"昨夜"。相传这两句诗原为"前村深雪里，昨夜数枝开"。诗人以此向朋友郑谷请教，郑谷读过后说道："'数枝'非'早'也，未若'一枝'佳。"于是作者便把"数枝"改为"一枝"，并心悦诚服地称郑谷为"一字之师"（事见《唐才子传》）。其实这二句极其平实，但也颇具形象性，使我们仿佛看到雪中那清新艳丽的梅花姿影，并与诗人同感兴奋喜悦之情。

颈联"风递幽香出，禽窥素艳来"，是对梅花风姿的描写，阵阵寒风吹过，将梅花散放出的清幽芬芳传遍四野：那躲在巢穴中的禽鸟，也探出头来窥视梅花素洁的艳丽。禽鸟都如此喜欢，怪不得诗人如此激动！

尾联"明年如应律，先发映春台"，是说，如果梅花应了时令与节气的话，春天当会不远了。尤其要指明的是，这二句诗寄寓着诗人的愿望。"映春台"，应指京城，所谓"先发映春台"，是诗人希望自己应时运而发旺，能在京城的春考中高中榜首。因为，诗人一直未曾淡忘功名，他以前在科场考试中连连失利。所以深有怀才不遇的感慨。他所歌咏的早梅，何尝不是自己期冀的形象？在风雪山村中，早梅"孤根暖独"，身处清高孤傲的境地，但早梅自认蕴含高雅的清幽芬芳，极不甘心埋没在山村风雪之中，期待在次年的春天，开出更多的花朵。"先发"的"先"与"早"是同义的，因此，于结尾处再次点明全诗的主旨，作者的用心深矣。

【作者简介】齐己（约860—约937）僧人。本姓胡，名得生。益阳（今属湖南）人。早年曾热心于功名仕进，但科举连连失利。遂剃度为僧，自号衡岳沙门。有《白莲集》十卷。

〖诗词格律〗这是一首五言律诗。八句四韵，中间二联对仗工整。押上平声十灰韵。

五律诗的平仄定格有四式：

（1）首句仄起不入韵式：⊗仄平平仄，平平仄仄平。⊕平平仄仄，⊗仄仄平平。⊗仄平平仄，⊕平仄仄平，平平平仄仄，仄仄仄平平。

（2）首句仄起入韵式：⊗仄仄平平，平平仄仄平。⊕平平仄仄，⊗仄仄平平。⊗仄平平仄，平平仄仄平，⊕平平仄仄，⊗仄仄平平。

（3）首句平起不入韵式：⊕平平仄仄，⊗仄仄平平。⊗仄平平仄，平平仄仄平。㊉平平仄仄，㊉仄仄平平。㊉仄平平仄，平平仄仄平。

（4）首句平起入韵式：平平仄仄平，㊉仄仄平平。㊉仄平平仄，平平仄仄平。㊉平平仄仄，㊉仄仄平平。㊉仄平平仄，平平仄仄平。

（有圆圈者表示平仄均可。短横线表示韵脚。）

齐己的这首诗就是首句仄起不入韵式。也基本上做到了"二四六分明"的平仄格式。中间二联，即颔联与颈联的对仗使用的是宽对。

暗香—宋·姜夔

辛亥之冬，予载雪诣石湖。止既月，授简索句，且征新声。作此两曲，石湖把玩不已，使工妓隶习之，音节谐婉，乃名之曰《暗香》《疏影》。

旧时月色，算几番照我，梅边吹笛？唤起玉人，不管清寒与攀摘。何逊而今渐老，都忘却、春风词笔。但怪得、竹外疏花，香冷入瑶席。 江国，正寂寂。叹寄与路遥，夜雪初识。翠尊易泣，红萼无言耿相忆。长记曾携手处，千树压、西湖寒碧。又片片、吹尽也，几时见得？

【诗词赏析】从序言中得知，南宋大词人姜夔于辛亥之冬，亦即绍熙二年（1191 年）冬天，在从合肥到湖州的途中，于大雪之中到苏州探访老诗人范成大，在他府上住了一个多月。范成大致书姜夔，请他作新词。范家有花圃，庭院中有几株梅树。姜夔就在这里借用林逋《山园小梅》之"疏影横斜水清浅，暗香浮动月黄昏"句的"暗香""疏影"自度曲牌，写成了两首赞赏梅花的著名词作。范大加激赏，并将家伎小红赠予姜夔。

这首词，姜夔从多种角度来描写梅花的特色。姜夔写词，极善以健笔书写柔情，他笔下的自然物多具有人的情感和姿态。就在这首词里，姜夔并没有刻意描写梅花的形，而是着力传梅花的神，并深情地寄托他对情人的怀念。在此词中，梅花成了情人的化身。在词人笔下，句句咏

梅花，句句忆佳人。

因此，上片"旧时月色，算几番照我，梅边吹笛？唤起玉人，不管清寒与攀摘"就是写词人重温旧梦。当年的词人在月夜于梅边吹笛，唤起玉人摘梅；又在西湖梅林中二人携手赏梅。可是，相聚的日子太短，姜夔和情人各奔东西，令词人终生遗憾。"何逊而今渐老，都忘却、春风词笔。但怪得、竹外疏花，香冷入瑶席。"南朝梁代诗人何逊曾作《咏早梅》诗："衔霜当路发，映雪拟寒开。""应知早飘落，故逐上春来。"何逊擅长描写离情别绪。姜夔自比何逊，但而今却已年老且忧郁，再写赞美梅花的诗词就有点力不从心了。可又偏偏竹林外那稀疏的梅花把幽香和寒意送到华美的酒席上来，勾起词人沉重的忆念，让往事再次跃上心田，不禁泛起久忆的哀愁和悠远的思念。

下片"江国，正寂寂。叹寄与路遥，夜雪初识"。江国，指江南水乡。词人见冷寂的雪中梅花正盛开，他却希望折一枝遥寄远方的情人。但那只是空空的想象而已。"翠尊易泣，红萼无言耿相忆。"翠尊，指翡翠酒杯；红萼，指红梅花。词人对酒伤怀流泪，红梅花则默默无语，似乎也沉浸在忧伤的回忆之中。都想起了什么呢？"长记曾携手处，千树压、西湖寒碧。又片片、吹尽也，几时见得？"啊，是在那杭州西湖的孤山上有一片梅林，当梅花盛开时，凄寒的碧水翻卷，好像千树摇动，快要倾压下来。只见梅花花瓣一片一片摇落，也不见了情人的踪影。但见孤帆远去，不知道什么时候才能和她再见共赏红梅呢？水流无尽，重见难期。全词写到此，便戛然而止，给读者以无限美好的想象和含蕴不尽的思索。

姜夔在这首《暗香》中，着重写梅花"清冷"的气质，并寄寓着对情人深沉的怀念。

【作者简介】姜夔（1155—1209）南宋词人、音乐家。字尧章，鄱阳（今属江西）人，因寓居吴兴武康，与白石洞天为邻，自号白石道人。生活在南宋王朝与金朝南北对峙时期。战争的灾难和人民的疾苦使姜夔感到痛心，但他一生未做官，凄凉的心情只能表现在他一生的大部分文学和音乐创作里。工诗，词尤有名，且精通音乐。词重格律，章节谐美，多为写景咏物和记述客游之作。作品有《白石道人歌曲》，其自度曲注有旁谱或指法，是现存的一部词和乐谱的合集。别有《白石道人诗集》。

〖诗词格律〗大词人姜夔的作品素以空灵含蓄著称。《暗香》《疏影》二词，都以短语写长情，以健笔写柔情。词人惜梅的凄婉心境与身边外物相合，使全词增色。两首词都是采用仄韵格。以后张炎用此调咏荷花荷叶，改名《红情》《绿意》。

《暗香》词九十七字。前片四十九字，九句，五仄韵；后片四十八字，十句，七仄韵。押入声（仄）韵。

疏影—宋·姜夔

苔枝缀玉，有翠禽小小，枝上同宿。客里相逢，篱角黄昏，无言自倚修竹。昭君不惯胡沙远，但暗忆江南江北。想佩环、月夜归来，化作此花幽独。

犹记深宫旧事，那人正睡里，飞近蛾绿。莫似春风，不管盈盈，早与安排金屋。还教一片随波去，又却怨、玉龙哀曲。等恁时、重觅幽香，已入小窗横幅。

【诗词赏析】《疏影》和《暗香》是姜夔同时所作。前面分析了，《暗香》赞美的是梅花清冷的传神气质，而这首《疏影》则着意赞美梅花外形上的美丽与幽独。

词人姜夔采用对比衬托的手法表现梅花美丽的外形。上片起首说："苔枝缀玉，有翠禽小小，枝上同宿。"苔梅，是梅花中名贵的品种。在风雪中，朵朵苔梅枝上绿苔封裹，如同美玉雕刻出来一般；苔枝上有一对小小的翠鸟相互偎依着。看到那多情的翠鸟，勾起词人对情人的深深怀念。触景生情，不知道什么时候才能和情人携手共赏梅花。

"客里相逢，篱角黄昏，无言自倚修竹。"词人此时一定联想起杜甫的《佳人》诗："天寒翠袖薄，日暮倚修竹。"词人注视着篱笆角落里的梅花，而梅花就是佳人的化身，她倚靠着高高的青竹，寂寞伶仃，默默无言，正与词人此时的暗淡落寞的心情相通。

"昭君不惯胡沙远，但暗忆江南江北。想佩环、月夜归来，化作此花幽独。"词人此刻心驰神远。他想起了汉代美女王昭君，虽远嫁匈奴，但她不习惯远居沙漠，仍旧暗暗怀念江南故土。词人在心底里企盼远方的情人，化作梅花，踏着月光归来。往事如烟，如今和她天各一方，回忆年少情事，唯觉怅惘。

下片"犹记深宫旧事，那人正睡里，飞近蛾绿。莫似春风，不管盈盈，早与安排金屋。"词人再次因梅花想起南朝宋武帝的女儿寿阳公主，于睡梦中有梅花飘落在她的眉心，长留印痕，更加艳丽，仪态盈盈。词人惜花情深，他愿意以华美的"金屋"安置梅花，还怪怨东风来得太早，致春来梅消。

"还教一片随波去，又却怨、玉龙哀曲。等恁时、重觅幽香，已入小窗横幅。"词人痛惜梅花，心情急切，不禁有些责怪吹落梅花的春风，连带着埋怨起以落梅为题材的笛曲。"玉龙哀曲"，玉龙，笛名；哀曲，指《梅花落》，古代流行的乐曲。词人道：待到那时，梅花花落，再也难寻觅疏影、暗香，因为梅花已经化作小窗上边的横幅图画了。由梅而及人，当年二人情笃，正如梅之怒放，而今，人过中年，梅花摇落之悲，莫非意味着旧情难再吗？在这结尾处，词人的痛苦心情层层增添，达到了高潮。

〖诗词格律〗《疏影》亦为姜夔自度之曲。全词一百一十字。上片五十四字，十句五仄韵；下片五十六字，十句四仄韵。用入声韵。此词又名《佳色》《解佩环》《绿意》《绿影》。

此词中的"千树压、西湖寒碧"成为咏梅的名句，因为山、湖、梅、水各自的特点，以及那相互依存的关系，全部浓缩在这七言之中，为历代行家所欣赏。

此词通过拟人衬托的手法，将梅花化身佳人，佳人亦是梅花，让读者也跟着词人，产生很宽泛的联想。咏物之作，高者传神，次者描形，姜夔确不失为此中高手。词中不见直写梅花形态，却用拟人衬托手法，以"倚修竹""暗忆""想佩环"等语，刻画梅花之"态"与"神"。王昭君和寿阳公主两个优美的典故，用美人比梅花，贴切而又典雅。全词上下片浑然一体，从景到典再到情，这种多角度确使梅花的形象与词人的感情更为鲜明、丰满，反复缠绵，新奇有致。

菊
花

题菊花—唐·黄巢

飒飒西风满院栽，蕊寒香冷蝶难来。
他年我若为青帝，报与桃花一处开。

【花谱】菊花别名黄花、秋菊、甘菊花、药菊、延年、帝女花、金茎等名，多年生草本，株高 60～160 厘米，秋冬开花，花色丰富，有黄、白、红、绿等多种色彩，是世界上品种最多的花卉。深秋九月，霜色日重，雁影渐稀，大地上已是一片萧条时，菊花便以幽雅的姿态和清新的香味从容开放，为人所青睐，成为园林、庭院中栽培最早最广的名花。如果菊花再配以山石芳草，塑造成盆景，则更古雅清秀，别具风情了。

菊花原产我国，其传统的名贵品种有"黄鹤翎""金孔雀""玉玲珑""白西施""碧江霞""双飞燕""醉杨妃""玉楼春""佛见笑"，等等。人们爱菊，不仅仅是欣赏它们的千万姿态、艳丽色彩和冲天香气，更是赞赏它们的凌寒傲骨的气质。菊花别号"节花""霜节"就是佐证。

菊花被誉为"高风亮节"；在十大名花中列为第三名。

【诗词赏析】黄巢的这首咏菊花诗却是别具一格，空前绝后，大不同于历代所有文人。

诗人是唐末农民起义的领袖，他的这首诗表达出了绝不同于一般文人学士的思想与风格，倒是体现了他那豪迈的风范以及一心推翻唐王朝的决心。

自从陶渊明写过"采菊东篱下，悠然见南山"的诗句之后，菊花，仿佛成了一种消极意义上的清高孤傲的象征，一些文人雅士纷纷无病呻吟地吟咏它。而这一首《题菊花》一反其意，凸现出一位起义领袖心目中的菊花形象，洋溢着诗人要为人世间铲除不平的宏大理想。

前二句"飒飒西风满院栽，蕊寒香冷蝶难来"，写的是在飒飒秋风中绽放的菊花，由于生不逢时，很难吸引只有春天才有的蝴蝶前来，因此这菊花才显得孤独。作者似乎在为菊花惋惜，内心含有不平之感。"西风"，点明了季节，这本当是菊花傲霜斗艳之时。"满院"，指明此处菊花极多，株株挺秀，而非一枝独放，这有别于一般人写菊总爱强调菊花的孤傲和独立。"蕊寒香冷"，则应当看作诗人独特的感受。在诗人心目中想来，菊的花蕊是美好的，菊的香气是芬芳的。然而，菊花却不应该在"飒飒西风"中生长、开放。他以为，菊花不应该绽放在寒霜之中，蜂蝶"难来"，是很不应该的事情。

由于诗人有这样别具一格的想法，所以才有后二句诗的出现："他年我若为青帝，报与桃花一处开。"青帝，乃指司春之神，掌管着百卉的开放。值得玩味和思考的是，诗人为生不逢时的菊花抱不平，不是对"青帝"怀着希望和祈求，而是下定决心依靠自己：他年我若为青帝。没有凭空而来的救世主，也不指望别人来做神仙皇帝，要做，就干脆自己来做。只有自己做，才能掌握改朝换代的命运，就能使菊花和桃花一样，都"报"在春天开放，跟桃花一样享受春光的温暖与蜂蝶的青睐。

这首诗语言豪放，想象奇特，寄寓深远。菊花的形象当指千千万万遭受剥削压迫的百姓，诗人是在为他们的不平等命运激愤，期盼"他年"即有朝一日振臂一呼，推翻旧的政权，就是说，他要颠倒乾坤，把秋天变换成春天！

黄巢自幼便能诗，《贵耳集》卷下指明，《题菊花》是黄巢五岁时作的，那更加可贵：说明黄巢稚龄时，便能看到世间的不平以及深处底层的众多百姓遭受到的不公平的对待，幼小的黄巢捏着小拳头在心中发誓：他年我要做青帝，要让菊花也享受与桃花同样的待遇！

【作者简介】黄巢（？—884），曹州冤句（今山东曹县西北）人，出身盐商，少时便与王仙芝贩私盐，屡举进士不第，僖宗乾符二年（875年）黄巢聚结数千人起义，广明元年（880年）黄巢攻入长安，即帝位，国号大齐，中和四年（884年）兵败自杀，一说被其外甥林言所杀。

〖诗词格律〗此诗采用的是仄起入韵式：仄仄平平仄仄平，平平仄仄仄平平。平平仄仄平平仄，仄仄平平仄仄平。四句三韵，即首句、二句和四句押韵。押上平声十灰韵。

全诗充满了浪漫主义的激情想象，其寓意深沉，格调明朗；运用了比兴的手法，蕴含着作为起义首领的诗人对自身与社会的独特感受。

不第后赋菊——唐·黄巢

待到秋来九月八，我花开后百花杀。

冲天香阵透长安，满城尽带黄金甲。

【诗词赏析】这首诗，根据明代《清暇录》所说是黄巢落第后作的，题目就叫"菊花"。在唐末大动乱的时期，黄巢坚定果决地振臂一呼，举起了反抗朝廷、要翻天覆地的大旗。他屡举进士不第，深知自己横溢的才气根本不合朝廷的口味，打小萌生的要做"青帝"的崇高理想一定要、也一定能实现。

诗以明志。这首诗押入（仄）声韵，因此读起来便让人感受到一种斩钉截铁的凌厉气势，杀气腾腾，单刀直入。"待到秋来九月八，我花开后百花杀"，"待到"二字，脱口而出，表现的是一种迫不及待的豪迈决断。为什么说是"九月八"呢？因为每年农历的九月九日，我国人民有登高赏菊的风俗，农历九月初九也成了菊花的节日，所以，诗人才说是要"待到秋来九月八"，以"九月八"来迎接即将到来的九月九日，当然，也是为了诗的押韵。

而将菊花称为"我花"，把自身融入吟咏的对象，又是何等亲切。菊花一开，百花就被"杀"，本来在自然界，每当菊花开放时，百花就得自然凋零了。一开一杀，强烈的对比，表现出诗人对反抗朝廷的十足信心与决心。"我花"，代表着在反抗朝廷大旗下的义军和千百万平头百姓；"百花"，比喻着即将崩溃的统治集团。

那么，菊花盛开之后会是个什么景象呢？"冲天香阵透长安，满城尽带黄金甲。"这又是何等壮丽的情景！一个"透"，一个"尽"，真是表现得淋漓尽致，整个长安城，四处都盛开着披挂黄金盔甲的菊花——将黄色的菊花瓣想象成黄金色的盔甲，而且还散发出直冲云天的浓郁香气。这种香气有若千军万马的兵阵，遍布全城！什么阵？千朵万朵的菊花，有若千千万万的用黄金盔甲武装起来的战士，正排列着各种各样的攻杀阵势，奔跑着、咆哮着，向着腐朽的朝廷奋勇冲杀！

这首诗的亮点也正是在这里。这是空前绝后的奇特想象，绝无仅有的新颖比喻，这种高超的意境，凸现出来的是一种豪迈坚毅杀敌之气概。要说，那些官场里的、书斋里的文人骚客，历来都是讴歌菊花的孤傲或者是特立独行的气节；而在这里，作为诗人更是义军统帅的黄巢，通过咏赞菊花赋予起义军以大无畏的粗犷、豪迈的战斗气质，是人生的必然，亦是诗情的必然。

菊花，在这首诗中，再也不是那种空灵、悠然的孤傲高士，再也不是那种羞羞答答的冷美人。那些没有经历过戎马生涯且无意心怀天下百姓的一般文人雅士，是不可能有这种艺术想象和奇特联想的。

【作者简介】黄巢，见前《题菊花》篇。

〖诗词格律〗这首诗和前面的《题菊花》诗一般，也是仄起入韵式，四句三韵。押的是仄声韵，与全诗"杀气腾腾"的激越、凌厉之气概是极为贴切的。

黄巢的这两首诗是写菊花，可他一反历代文人讴歌菊花的窠臼，在意境、语言、形象表现上，均令人耳目一新。他写的菊花，想象是奇特的，比喻是新奇的，文辞是豪壮的，再不见以往菊花的那种幽独与孤傲的隐士形象，而是变身为犷悍、奋进的英勇战士。这是没有经历过征战之人无法想象的全新的艺术境界。

多丽·咏白菊—宋·李清照

小楼寒，夜长帘幕低垂。恨萧萧、无情风雨，夜来揉损琼肌。也不似、贵妃醉脸；也不似、孙寿愁眉。韩令偷香，徐娘傅粉，莫将比拟未新奇。细看取、屈平陶令，风韵正相宜。微风起，清芬酝藉，不减酴醾。

渐秋阑、雪清玉瘦，向人无限依依。似愁凝、汉皋解佩；似泪洒、纨扇题诗。朗月清风，浓烟暗雨，天教憔悴度芳姿。纵爱惜、不知从此，留得几多时。人情好，何须更忆，泽畔东篱？

【诗词赏析】唐宋以来的咏菊词，李易安的《多丽》是最长的一首了。此词上下两阕运用赋的手法，恰当准确地运用典故，整首词看不到一"菊"字，却将深藏不露的白菊极其含蓄地人格化了，借物抒怀，既是写菊，亦是写人；以多种角度描摹出白菊那光洁的颜面，婀娜的身姿以及令人心旷神怡的幽香，表达了词人对白菊的怜爱之情，更从中抒发着词人自身对客观的现实环境和亲历的遭遇后的凄婉感慨之情。

上阕写的是白菊在遭受到风雨的袭击后的更娇艳的容颜与更浓郁的芳香。易安居士以白菊之口娓娓道来：孤身闷坐小楼，寒夜悠长，只得依靠低垂的幕帘挡挡风雨的侵扰。可恨那萧萧作响的风雨，毫不怜悯地折磨着白菊的琼枝玉叶。然而，白菊却不惧风来不怕雨，其颜面更加清丽娇美：既不似醉后的贵妃那般搔首弄姿，也不似爱作愁眉妆的孙寿那般娇情。纵使韩寿偷得奇香，半老的徐娘在脸面上傅层白粉，又怎能比得上白菊那本色的颜面，要比也比不过。仔细琢磨，只有深爱菊花的屈原、陶渊明那般高尚的君子，才可能与白菊的风韵相媲美。当微风轻轻拂来，白菊散发出的幽香，即使与醇醲相比，也不分上下的。

　　下阕写的是白菊的精神品质，同时寄托着词人自身对周遭现实与身世的感叹。还是借白菊娓娓道来：岁月荏苒，秋气肃杀，白菊的花叶渐渐凋损，颜面变得像雪般晶亮，像碧玉一样清癯，当它要回归尘土之时，它对人表露出依依不舍之情。它好像汉皋台下解佩的仙女，充满着无限的柔情；又像汉代长信宫里的班婕妤，在绢织的团扇上洒泪题诗，那般伤感。不论是月朗风清的良宵，抑或是烟浓雨暗的白昼，它总是在忧痛中任自己美好的颜面悄悄消失。纵使有人痛惜，可它的凋谢谁也无法阻遏，不知道从此刻起，它还能留存多少时候。词人情难自抑地吟叹道：白菊呀，你高洁的品质已长留我的心中，即使你凋谢了，我也会记得你的，既然如此，你何须还总是惦念着曾经借以生存的泽畔东篱呢！

　　读此词，易安居士笔下的白菊，完全人格化了。人格化了的白菊晶莹如玉，天然无雕饰，绝无做作妖媚之态。贵妃、孙寿的扭捏作态，韩令，徐娘的粉饰，又怎能和它相比？它通人性。当仲秋将尽，它仍不想离开。那种难舍难分之情，只有汉皋解佩的仙女，纨扇题诗的班婕妤，才能似它一般深情；能与它相类的，只有气质高尚的屈原、陶令。这些比拟，使得白菊的形象更增添了无限的魅力。

　　借物抒怀，以物寄意，是词中常见的手法。"恨萧萧、无情风雨，夜来揉损琼肌"，足见词人对那"无情风雨"是何等不满和气愤，可又有什么办法呢，只有伤感。"天教憔悴度芳姿"，不就正反映出词人联想到自己的不幸身世而发出的慨叹之声吗？在词的结尾，"人情好，何须更忆，泽畔东篱？"，词人再以屈子、陶令自比，倾吐出自身的凄婉、清高、孤傲的品质和脾性。

【**作者简介**】李清照（1084—约 1151），号易安居士，济南章丘人。嫁金石家赵明诚。后明诚病故，其逃兵乱，流离江浙皖，晚年寓居临安，其著述为后人辑为《漱玉词》。李清照词形成"易安体"，给南宋诸词人以深刻影响。

〔**诗词格律**〕多丽，词牌名，又名《绿头鸭》《陇头泉》等。相传多丽原是一个妓女名字。多丽有平韵、仄韵两体，平韵一百三十九字，仄韵一百四十字，皆为双调。运用该词谱的作者和作品不多见。

李清照这首《多丽》属平韵体，在宋词中算是较长的一首。本词用了十处典，但都用得恰当准确，名为"咏白菊"，可一百三十多字不见一个"白"字，但又时时处处见"菊"。白菊与人互怜互惜，动人心魄。

和令狐相公玩白菊——唐·刘禹锡

家家菊尽黄，梁国独如霜。

莹静真琪树，分明对玉堂。

仙人披雪氅，素女不红妆。

粉蝶来难见，麻衣拂更香。

向风摇羽扇，含露滴琼浆。

高艳遮银井，繁枝覆象床。

桂丛惭并发，梅蕊妒先芳。

一入瑶华咏，从兹播乐章。

【诗词赏析】诗人这首诗是和令狐楚的诗而作。令狐楚，字悫士，曾任尚书左仆射（宰相），封彭阳郡公，故称相公。

首二句"家家菊尽黄，梁国独如霜"，概写令狐楚宅第里庭园中的菊花不同于别家的菊花，它们品种迥异，独开白花。若在我们现代，菊花的品种已达三千多种，白菊自是不足为奇。要知道，栽培菊花在我国亦有三千多年的历史，古籍《礼记》中有"季秋之月，菊有黄花"的记载。古时菊花品种比起当代则很是单一，只开黄花，故此菊花又称"黄花"，白菊在古代是很少见的。"梁国"，令狐楚宅第名为"梁园"，可诗中用的是"梁国"，一则为协律，二则以示白菊之不同凡俗，含有独标新帜的意思。

以后十二行，全用对句，用众多的比喻衬托刻画菊花的"白"。使

人对这种 "白"色获得一种最形象的直感和最深刻的认知。

"莹静真琪树，分明对玉堂"，将白菊比作美玉，单枝像莹莹静立的玉树，而满园的白菊丛则像是置身于白玉雕琢的殿堂。

"仙人披雪氅，素女不红妆"，将白菊比作身披白色大衣的仙人和不施粉黛的美女。

"粉蝶来难见，麻衣拂更香"，粉蝶，即白蝴蝶。当蝴蝶飞进花丛，则很难再寻觅着它了，因为花、蝶一色；麻衣，即士大夫日常生活中穿的白色常服。《诗·曹风·蜉蝣》："蜉蝣掘阅，麻衣如雪。"当白色的素袍触动花枝时，满园的白菊花更加芬芳了。

"向风摇羽扇，含露滴琼浆"，"向风"，承接上句的"拂"，这里写白菊的花瓣和花瓣上的露珠。临风的花瓣如洁白的羽毛扇在摇曳，花瓣上滚动的露珠像一颗颗玲珑剔透的玉珠晶莹欲滴。

"高艳遮银井，繁枝覆象床"，"高艳""繁枝"，是写白菊盛开得艳丽繁茂；"银井""象床"，是写菊丛下的水井和井边的围栏。银井，古乐府《淮南王篇》："后园凿井银作床，金瓶素绠汲寒浆。"象床，指白菊花将围栏映衬得如同象牙似的白净。银井、象床与白菊花互相衬托辉映。

"桂丛惭并发，梅蕊妒先芳"，诗人再以秋桂与冬梅衬托白菊花的亮丽和芬芳：与白菊同时开放的桂花自感惭愧，而晚于白菊绽放的梅花则嫉妒白菊先吐芳香。在这里，诗人以衬托和拟人的手法赞美白菊迥异的姿容。

最后二句"一入瑶华咏，从兹播乐章"，是写白菊进入令狐楚的诗篇之后，将从此被人们四方传诵了。既赞了白菊，更称颂了令狐楚的诗。本来，令狐楚才思俊丽，与刘禹锡等人唱和甚多。刘禹锡曾有《酬太原令狐相公见寄》："书信来天外，琼瑶满匣中。"亦如此诗中的"瑶华"，以"琼瑶"比喻令狐楚的诗是很俊丽和贴切的。

这是一首纯咏花的诗作。全篇无一"白"字，却让我们看到了一个美丽的银色世界。

【作者简介】刘禹锡（772—842）字梦得，洛阳（今属河南）人。

德宗贞元九年举进士第，贞元十一年授太子校书。后永贞革新失败，被贬郎州司马，再贬连州刺史。开成元年，裴度力荐，任太子宾客，故世称刘宾客。其诗通俗清新。所作《竹枝词》《柳枝词》等诗作，极富民歌特色。为唐诗中别开生面之作。有《刘梦得文集》。

〖诗词格律〗这是一首五言排律古体诗，亦称"古诗""古风"。它和近体诗相对，每篇句数不拘，有四言、五言、六言、七言、杂言诸体。后世用五、七言较多。不求对仗，平仄和用韵也比较自由。此诗十六句九韵。中间六联对仗工整。押下平声七阳韵，一韵到底。

五言诗，由五字句所构成的诗篇，如本诗。五言诗起于汉代，后历经魏晋，六朝隋唐，大为发展，成为古典诗歌主要形式之一，有五言古诗、五言律诗、五言绝句。

寒菊——宋·郑思肖

花开不并百花丛，独立疏篱趣未穷。

宁可枝头抱香死，何曾吹落北风中。

【诗词赏析】郑思肖是一位具有爱国坚贞气节的诗人。这首《寒菊》正是他借咏菊花来抒发自己的高尚情怀。"花开不并百花丛，独立疏篱趣未穷。"在诗人看来，春天一到，百花便有些邀宠取媚地纷纷绽放；然而，菊花决不趋炎附势。菊花知道自己是属于秋天的花，它应该独立寒秋，只有那样，才会趣味无穷。此二句，诗人大胆而明白地向世人宣示，决不与元朝统治者合作。

"宁可枝头抱香死，何曾吹落北风中"，诗人表示，他要像菊花那样，即使在入冬以后凋谢了、枯萎了，也决不脱离枝头，在北风中零落于地。在南宋灭亡后，元朝统治者对前代遗民封官许愿，有些人经不起威胁利诱，屈身失节。然而，诗人立誓矢志不渝，终生隐居在苏州一个庙里，哪怕坐着、躺着都朝向南方，表示不忘宋朝。这种坚贞在任何时代都是令人肃然起敬的。

寒菊，便是诗人民族气节的真实写照。

【作者简介】郑思肖（1241—1318）字忆翁，号所南，又号三外野人，连江（今属福建）人。曾以太学生应博学鸿词试。南宋灭亡后，隐居苏州。画兰不画根须，寓国土沦亡之意。有诗集《心史》。

〖**诗词格律**〗这首七绝采用的是平起入韵式，四句三韵，押上平声一东韵。全诗格调高亢，令人感泣，有若《正气歌》。

兰花

古风·孤兰——唐·李白

孤兰生幽园，众草共芜没。

虽照阳春辉，复悲高秋月。

飞霜早淅沥，绿艳恐休歇。

若无清风吹，香气为谁发？

【花谱】兰花别名兰草、春兰、山兰、兰华、朵朵香。多年生常绿
草本。兰花系宿根花卉，以其生态习性的不同，可分为地生兰和气生兰
两大类。我国传统栽培的兰花属地生兰。

地生兰早春由叶丛间抽生数花茎，每茎顶开一花，花色淡黄绿色，花大而美丽，清香。兰花在中国有 40 余种，主要分布在长江以南各省区，常见的栽培品种有春兰、墨兰、蕙兰、建兰、台兰、寒兰等。

兰花是我国著名的传统园林花卉。它经年不凋，每到花开吐蕊时，馥郁芬芳，常作为几案供赏的珍品。一般陈列于客室、案头或用于点缀书房、厅堂，或栽培于庭院，且配以山石，更显情趣。

赏兰花须先赏叶。叶的形态优美，当微风吹拂，叶片轻轻摇摆，令人心旷神怡。鉴赏兰花是十分讲究的，有所谓"十看"，诸如一看香，二看姿，三看色，还有看其瓣，看其舌，看其梗，等等。

兰花享有 "空谷佳人"的美誉。自孔子评价兰花"芝兰生于深谷，不以无人而不芳"后，兰花就成了我们坚贞、高洁的民族精神的象征。人们将"兰、梅、菊、竹"称为"四君子"；朋友结为兄弟称为义结金兰。

兰花被誉为"花中君子"；在十大名花中列第四名。

【诗词赏析】据东汉蔡邕所撰《琴操》一书记载，孔子从卫国返回鲁国，在荒僻的山谷中看见兰花独开，却很是茂盛，他便喟然叹息道："兰当为王者香，今乃独茂，与众草为伍！"于是停车下来，对兰抚琴，自比兰花，伤感自己生不逢时。

李白也是取孔子之意而作此诗。请看，前四句"孤兰生幽园，众草共芜没。虽照阳春辉，复悲高秋月"，写的是兰的孤傲，紧紧扣住题旨。幽僻荒凉的庭园中，一株兰花在孤独地开放，只有众多的野草在它周围荒凉地枯萎下去；春日，温煦的阳光照耀过它；秋夜，高天的月辉让它感到悲伤。诗人在这里，用"幽园""众草""秋月"为兰花营构出一个"孤"的氛围环境，"春辉"只不过是一个短暂的反衬而已。

但是，要知道兰的固有秉性乃是经霜不凋，四季常青，其香清幽，其色脱俗，"众草"的"共芜没"丝毫不影响兰的"独茂"。孔子不就这样评价兰花吗："芝兰生于深谷，不以无人而不芳。"兰，是不畏怯孤独的。兰，它孤而不萎，孤而有志，孤而独茂。

因此，诗人在五、六句"飞霜早淅沥，绿艳恐休歇"中说道：孤兰早就经受过淅沥有声的寒霜的袭击，但它仍然葆有它绿艳的芬芳。句中着一"恐"字，乃诗人反其意而用之。面对诗人的担忧，孤兰的"绿艳"不会"休歇"（枯萎）。

只是，诗人也和古之大贤孔子一样，觉得"兰当为王者"，不该"与众草为伍"。那么，要怎样才能使"孤兰"的"香气""为王者"呢？那就要靠"清风"的吹拂与引荐了。于是，诗人以"若无清风吹，香气为谁发？"为全诗作结。这是诗人将自己生不逢时、怀才不遇的情怀，寓托于孤兰，以孤兰自比。他期盼有"清风"，将自己的"香气"吹送到王者那里，以抒发其"天生我材必有用""长风破浪会有时，直挂云帆济沧海"的雄心壮志。

【作者简介】李白，见前《清平调词三首》篇。

〖诗词格律〗这是一首五律诗，是李白早期的作品，创作时正是他怀才不遇之时。他当然希望有"清风"将自己的"香气"送达天子之堂，使他有机会报效国家，闻名天下。该五律诗采用的是平起不入韵式，五言八句四韵。中间的颔联、颈联对仗较工。尾联用反问句式表达心声，则余味悠长。

兰—唐·唐彦谦

清风摇翠环，凉露滴苍玉。
美人胡不纫，幽香蔼空谷。

【诗词赏析】这首五绝可说得上是短小精悍，低声吟来，就如兰花一般清雅秀丽，幽香袭人。

此诗语浅情深，清朗上口，状物抒情，活泼生动。

前二句"清风摇翠环，凉露滴苍玉"描述的是：当清风缓缓拂来，轻柔地摇动着翠绿的兰花叶片，似乎是在低声呼唤着一位睡意蒙眬的美人；那一簇簇的翠叶环绕之中，只见有晶莹的滴滴露水滚动在如同青玉一般的兰花花瓣上，宛若宝玉上再镶嵌着一颗颗珍珠。此二句道来，这与其说是在写花，还不如说是在勾画一件浑然天成的艺术珍品。

不错，在诗人的眼中，此兰花就是自然天成的艺术珍品。于是，他才生发起奇美的念头：美人呀，你为什么不用丝线将它们穿起来悬挂在颈间呢？"纫"，用线穿起来。何不"纫秋兰以为佩"（《楚辞·离骚》）？那将使得兰花的幽香弥漫在整个空谷四野啊。诗人心里的几缕遗憾，正是对兰花的深深赞赏。

兰花历来生长在我国南部和东部的山坡林荫之中，素被喜爱它的人们称为"隐客"。唐彦谦的这首咏兰诗，写出了兰花的天生丽质和洁身自好，道出了众多喜爱兰花的人们的心声。

【作者简介】唐彦谦（？—约893）字茂业，并州晋阳（今山西太原）人。历任晋州、绛州、阆州等地刺史。博学多才，早年诗学温庭筠、李商隐，后学杜甫，其五言古诗清浅朴素，文辞壮丽。曾隐居鹿门山，自号鹿门先生。有《鹿门诗集》。《全唐诗》存其诗二卷。

〖**诗词格律**〗此五绝采用的是平起不入韵式，五言四句二韵。押入（仄）声二沃韵。前二句对仗，"清风"对"凉露"，"摇翠环"对"滴苍玉"，十分工整，读来语调铿锵，宛如珠玉，描写贴切，增添了诗的感染力：空谷幽兰真是美的化身！

种兰—宋·苏辙

兰生幽谷无人识，客种东轩遗我香。

知有清芬能解秽，更怜细叶巧凌霜。

根便密石秋芳早，丛倚修筠午荫凉。

欲遣蘼芜共堂下，眼前长见楚辞章。

【诗词赏析】诗人苏辙是苏东坡的弟弟，他这首七律形象而从容地述说了种植兰花的要领，更让他人明白兰花的价值所在。

首联"兰生幽谷无人识，客种东轩遗我香"。诗人告诉我们，兰草生长在幽深的山谷里，尽管它芳香馥郁，却难得有人赏识；幸而我的几位门客，将它们移植到我那书房东边的窗下，从此便有兰花透过窗口给我送来郁郁的芳香，让我的书房时时洋溢着芝兰的幽香，令我心旷神怡。

颔联"知有清芬能解秽，更怜细叶巧凌霜"。诗人说，我深深知晓兰花的清香可能去除心中的不洁杂念，净化我等的灵魂；但我更爱怜那兰草细长的叶片，因为它们即使遭受风霜雨雪，也能矢志不移、永葆青翠。诗人很懂得赏兰：赏兰先赏叶，叶茂花始繁。兰的叶态优美，它弯曲下垂，当风儿拂过，它摇曳多姿，悠然自得。特别是在花尚未开放时，人们对叶更情有独钟了。难怪古人有诗云："惜叶犹如惜玉环。"

颈联"根便密石秋芳早，丛倚修筠午荫凉。"兰草的根须能顽强地在石头缝里生长，初秋时节，便能绽放出鲜艳的花朵，喷吐出缕缕醉人的芳香。那丛丛簇簇的兰草依傍着修长的翠竹，在红日当顶的正午，还

是个乘凉消暑的好去处哩。

尾联"欲遣蘼芜共堂下，眼前长见楚辞章"。蘼芜，一种香草，古人常常把它佩戴在身上以示情操的高洁，屈原的诗中便多次提及它："扈江离与辟芷兮，纫秋兰以为佩。"（《离骚》），"秋兰兮蘼芜"（《九歌》），等等，句中的"江离""蘼芜"均指香草。"楚辞"指代屈原。诗人在这里由秋兰想到了楚大夫屈原。诗人说，我要请来江离和秋兰一起生活在同一屋檐之下，以便能时时见到屈原大夫，品读他的华章。

诗人在观看门客种植的兰草时，思潮滚滚，浮想联翩，他不单单联想起兰草的生态习性。更打心里赞美兰花的品德个性，所以，栽种这种花卉将有益于人们的身心健康，能陶冶人的心灵。

【作者简介】苏辙（1039—1112）字子由，号颍滨遗老，眉州眉山（今属四川）人。苏洵子，嘉祐二年举进士。神宗时反对王安石新法。哲宗时官至尚书右丞、门下侍郎。徽宗时辞官。其文汪洋淡泊，为"唐宋八大家"之一。与父洵、兄轼，合称"三苏"。有《栾城集》《春秋集解》《诗集传》等。

〖诗词格律〗这是一首近体诗（亦称今体诗）中的七言律诗，简称七律。八句四韵（或五韵）。这首诗采用的是平起不入韵式，即首句第二字乃平声，首句不押韵。全诗押下平声七阳韵。其平仄定格前面已介绍过。该诗中的颔联与颈联，对仗工整严谨，词性吻合。全诗无华丽的辞藻，娓娓叙述，含蓄蕴藉，颇能代表诗人沉郁的诗风。

兰花—宋·杨万里

雪径偷开浅碧花，冰根乱吐小红芽。

生无桃李春风面，名可山林处士家。

政坐国香到朝市，不容霜节老云霞。

江篱薏圃非吾偶，付与骚人定等差。

【诗词赏析】这首《兰花》诗是杨万里的组诗《三花斛》的第三首。其组诗前有作者小序："省前见卖花担上有瑞香、水仙、兰花同一瓦斛者，买置舟中，各赋七字。"诗人题咏的正是舟中瓦斛的兰花。

杨万里的这首七律用了一些典故，须先做些注解再仔细品味。(1)处士，指隐居山野拒绝做官、个性高雅之人。(2)政，同"正"；坐，因为。(3)国香，典出《左传·宣公三年》的记载："以兰有国香，人服媚之如是。"后来就称兰为国香。(4)朝市，指朝廷与市肆。《史记·张仪传》："臣闻争名者于朝，争利者于市。今三川、周室，天下之朝市也，而王不争焉。"因此，后来便以朝市泛指争名夺利之场所。(5)霜节，坚贞高洁的情操。(6)老，终老，永久。(7)江篱，香草名，亦作江离。屈原《离骚》："扈江离与辟芷兮，纫秋兰以为佩。"(8)薏圃，指荷花。(9)偶，同辈，同类。(10)骚人，诗人。

首联"雪径偷开浅碧花，冰根乱吐小红芽"，写兰花绽放时的环境，它开在积雪覆盖的小路上，"偷开"着浅碧色的花苞，"乱吐"出红色的根芽。诗人实际是在抒写兰花自甘清寒、不畏风霜侵凌的风范。

颔联"生无桃李春风面，名可山林处士家"，诗人将兰花与桃李和隐士进行正反的比较。兰花的一生绝无桃李那种在春风中轻薄、谄媚的世俗之态；而古代的隐士则多以兰花为伴侣、知己。的确如此：兰花素来被我国人民珍爱。它不像牡丹那般雍容华贵，也无桃花那样娇艳夺目，却有着一种隐逸洒脱的魅力风姿，号称"国香""王者香"。它在与梅花、牡丹、菊花的竞秀中，历来难分上下。宋人以为："挺挺花卉中，竹有节而啬花，梅有花而啬叶，松有叶而啬香，唯兰独并有之。"从而断定兰之品更在"岁寒三友"之上。

颈联"政坐国香到朝市，不容霜节老云霞"，诗人扼腕叹息兰花正是因为有"王者之香"的盛名，身不由己地沦落于名利场里，于市肆中被商人买进、卖出，再也无法永葆其节操，真是可惜呀！

但是，兰花的内心却在为自己辩解。当然，这是诗人的丰富高逸的想象。尾联"江篱薜圃非吾偶，付与骚人定等差"，兰花自辩道，我与那些香草、荷花之流不是同类，岂可相提并论，还是让骚人墨客来做出公正的评价吧。

其实，诗人赞美兰花，也是表达着自己的夙愿。南宋时代，最高统治者安于现状，不思进取，投降派在朝廷中占着主导地位，整个官场中的风气沉闷、消极，得过且过。诗人杨万里正是处在这样的大环境里，很难有所作为。他根本就看不惯庸碌的如秦桧、汤思退那类主和派，他们亦如同花中桃李般轻薄、诌媚，诗人自己感到无比孤独和寂寞，不屑与他们为伍，诗人也要像兰花一样，永葆其俊秀、质朴，永葆其清幽隽永的雅香，并与那类人分庭抗礼。

【作者简介】杨万里，见前《咏重台九心淡紫牡丹》篇。

〖诗词格律〗杨万里的诗号称"诚斋体"，在南宋诗坛自成一家。他作诗随着不同的感兴，别出心裁，不落俗套，别具新意。他这样的诗才能显示自己的风格，不至于千人一面，千篇一律，这就叫"活"。南宋人诗话论及诚斋诗的独创性时，常盛称他诗的"活法"。

这首七律采用的是首句仄起入韵式，七言八句五韵。押下平声六麻韵。平仄对仗都很严谨，颔联、颈联均为工对。寥寥二十八字，写得妙趣横生、情味隽永。全诗表现出来的活泼、新颖、童趣和对兰花这一自然景物的深情，正是"诚斋体"的特色。

兰花—宋·刘克庄

深林不语抱幽贞，赖有微风递远馨。

开处何坊依藓砌，折来未肯恋金瓶。

孤高可把供诗卷，素淡堪移入卧屏。

莫笑门无佳子弟，数枝濯濯映阶庭。

【诗词赏析】这首七律诗咏物抒情、托物寄意，将兰花的高尚人格当作诗人的"夫子自道"，兰花的身姿正是诗人的映像。

因此，诗在起笔便盛赞兰花本就生于深林幽谷，它脱俗超凡，从不多言惹祸，更不自我标榜："深林不语抱幽贞。"那么，兰花既不自夸，可它能芳名远扬，却是为什么呢？诗人以为，是"赖有微风递远馨"。先写果，后道因，因有"微风"的传递。这传递的"微风"，自然是兰花的知音者了。知音者，当指诗人和所有爱兰的人。众人爱兰，乃是因为兰花本身具有高贵的品质。兰花素有"花中君子"之美誉，历来的诗人多以兰花比喻志行高洁的君子。

颔联"开处何坊依藓砌，折来未肯恋金瓶"，进一步道出兰花淡泊守志、不羡豪华富贵的高洁风范。"藓砌"，指长满青苔的石阶；"金瓶"，比喻富贵的宅第。诗人很欣赏兰花宁肯依傍人烟稀少、覆盖青苔的石阶而开放，也不愿被人采折插入金瓶、进入富家做摆设。这就是兰花本性的纯朴、高尚之处。

颈联"孤高可把供诗卷，素淡堪移入卧屏"，写的是诗人对兰花的深沉爱恋。诗人偏爱兰花的"孤高"。"孤高"一词，亦曾被诗人写进一首《落梅》诗。在嘉定年间，诗人任福建建阳令时，曾赋诗《落梅》，其中有"东风谬掌花权柄，却忌孤高不主张"之句，却被言官李知孝等人指控为"讪谤当国"，于是，一再被黜，坐废十年。这就是历史上有名的"落梅诗案"。当时诗人深感不平，写有"幸然不识桃并柳，却被梅花累十年"（《病后访梅九绝》）及"老子平生无他过，为梅花受取风流罪"（《贺新郎·宋庵访梅》），强烈地表达了难平之愤懑。当时正直孤高的诗人并没有因此而屈服。这首诗再次用了"孤高"一词，依然表现了他的铮铮铁骨和高洁的品格。诗人在这里写兰花的孤寂高雅，大可用来作为诗的素材，增添读诗的情趣；还可以因其素淡而移入自己的卧室，作为屏风长相厮守。

尾联"莫笑门无佳子弟，数枝濯濯映阶庭"，则是抒写诗人自己的感慨。"濯濯"，形容清朗纯净。诗人与兰花都洁身自爱，志同道合、互为知音。"佳子弟"，当指那些豪门权贵子弟。诗人在这里当众表白：不要笑我陋室少有权贵弟子往来，我家庭院中却有数枝淡雅幽香的兰花在温煦的春光下耀眼地绽放。你们有吗？但是，这尾联却有当代专家理解为另一种意思：诸君不要讥笑我出生于非高贵的门第，我的品格情操却和兰花一样纯朴、高尚。此说大大不妥。因刘克庄家世本就显赫，先祖历代为官，绝非寒门小户出身。

【作者简介】刘克庄（1187—1269）南宋文学家，字潜夫，号后村居士，莆田（今属福建）人。以其先代官爵而受封入仕，淳祐年间赐同进士出身，官至工部尚书兼侍读，以龙图阁学士致仕。其诗初学晚唐后转而学习陆游，善作"奇对"和"好对偶"，喜用典故成语。其诗词颇有感慨时事之作，渴望收复北方土地，反对南宋政权的苟安。为江湖派的重要作家。词风近辛弃疾。寿高，卒谥文定。有《后村先生大全集》。

〖诗词格律〗这首七律采用的是平起入韵式，七言八句五韵。押下平声九青韵。句句平仄合乎。中间二联的对仗工整："开处"对"折来"，"孤高"对"素淡"；"何妨"对"未肯"，"可把"对"堪移"；"依薛砌"对"恋金瓶"；"供诗卷"对"入卧屏"，在对仗上的功夫，作者学陆学绝了。

全诗写兰，不见一个兰字，其实也是在写诗人本身的志趣、人格和情怀，这种托物寄意的写法亦正是咏物诗的正格。

月
季

东厅月季—宋·韩琦

牡丹殊绝萎春风，篱菊萧疏怨晚丛。

何似此花荣艳足，四时常放浅深红。

【花谱】月季，别名月月红、长春花、斗雪红、报春、瘦客。蔷薇科，蔷薇属。一种低矮直立常绿或落叶小灌木。其枝干一般生有弯曲小刺。叶卵形或长圆形，边缘有锯齿，暗绿色。花生于顶端，花色有大红、粉红、白、绿、黄、紫等。花香不浓郁。花期从 4 月下旬至 10 月，也有四季开花之变种。

月季花大色美，月月开放，四时不绝，历来受到大众的喜爱，是园林里布置花坛、花径的重要花卉。或在阳台养植，花叶繁茂，令人心旷神怡。是著名的观赏植物。

月季原产中国。它在欧洲有"花中皇后"的尊号；在十大名花中列第五名。

【诗词赏析】自古以来，月季就是中国名花，历代人民为培育它付出了辛勤的劳动。人们赞誉它"春赛牡丹、夏夺芙蓉、秋弄菊英、冬凌蜡梅"的绚烂多彩之姣容。

诗人韩琦"慧眼识珠"，很是看重月季。起二句"牡丹殊绝萎春风，篱菊萧疏怨晚丛"，"篱菊"，即菊花。诗人在这里以中国名贵的花种牡丹和菊花衬托月季：牡丹被誉为"国色天香"，还号称"百花之王"，但也不过是盛极一时罢了，因为春风一过，便无可奈何地萎落成泥了；菊花也可谓为"英豪"，挺拔兀立，堪称"晚艳只从霜后好"，可它也毕竟顶不住风刀霜剑的摧残蹂躏，含怨枝头，最后，带着无穷的怨尤凋谢了。它们何尝不是有其名而无其实？这里，告诉人们对某些事物的赞美，本来就不应该过于片面。

诗人一想到牡丹与菊花的不足，不禁拍案叫绝："何似此花荣艳足，四时常放浅深红。"你看，只有月季，它既无伤春之愁，也没有悲秋之恨，月月开花，季季流芳，花色的深浅浓淡随它自己的心愿，只要人们高兴，它就满足了。如此可爱的月季，就应该给它冠以荣耀的"花中皇后"名号！

【作者简介】韩琦（1008—1075）字稚圭，自号赣叟，相州安阳（今属河南）人。天圣五年举进士。仁宗时任陕西安抚使，与范仲淹等指挥防御西夏战事，时称"韩范"。卒赠尚书令，谥忠献。有《安阳集》。

〖诗词格律〗此诗为七绝，采用的是平起入韵式，四句三韵，押上平声一东韵。诗以衬托的手法咏赞主题，语言自然贴切，对大自然的喜悦、热爱之情洋溢于字里行间。

长春花——宋·徐积

谁言造物无偏处，独遣春光住此中。

叶里深藏云外碧，枝头常借日边红。

曾陪桃李开时雨，仍伴梧桐落后风。

费尽主人歌与酒，不教闲却卖花翁。

【诗词赏析】月季又名长春花，故此诗人徐积乐于以花号长春来赞美月季。首联"谁言造物无偏处，独遣春光住此中"，诗人在此有意提出疑问：是不是大自然这个造物主也有偏袒之心，怎么只让月季得天独厚地享受着春光的呵护呢？

颔联"叶里深藏云外碧，枝头常借日边红"，诗人在这里的联想和比喻，真是奇妙而生动：繁茂的叶簇里深藏着天外之碧绿，俏伸的枝头借来了日边的鲜红。诗人以生花的妙笔，描摹出月季郁郁葱葱的绿叶和鲜艳夺目的花朵，这种表现手法格外令人赏心悦目。

颈联"曾陪桃李开时雨，仍伴梧桐落后风"，阳春时节，仍不时有淫雨绵绵，月季陪着桃李绽放；秋冬之际，寒风萧瑟，月季伴随着落叶的梧桐，仍如往常那样芳姿绰约、常艳常新。月季在此中的形象，真宛若谦谦君子、矜持少女，"过尽白驹都不管"，好花我自开。

尾联"费尽主人歌与酒，不教闲却卖花翁"。月季四季常开，文人墨客自会雅聚，品酒赏花，更有乐伎唱歌助兴。正是月季常年诱人，才使得主人的歌酒"费尽"。常开的月季不但费尽主人的歌酒，还叫卖花翁也忙来忙去的，不会因为无花可卖而饿肚皮了。诗人真由雅聚而想到

了下层的穷苦老汉吗？

　　【作者简介】徐积（1028—1103）字仲车，楚州山阳（今江苏淮安）人。治平四年（1067年）进士。授楚州教授。事母极孝，政和中，赐谥节孝处士。有《节孝先生文集》。

　　〖诗词格律〗这首七言律诗采用的是平起不入韵式，八句四韵，平仄无失粘之处。押上平声一东韵。颔联和颈联的对仗工整严谨，每一个词的词性极妥帖。全诗色彩绚丽，形象生动，比喻巧妙，语言明晰，读来饶有兴味。

月季花——宋·杨万里

只道花无十日红，此花无日不春风。

一尖已剥胭脂笔，四破犹包翡翠茸。

别有香超桃李外，更同梅斗雪霜中。

折来喜作新年看，忘却今晨是季冬。

【诗词赏析】一句流传了数百年的俗语说"人无百日好，花无十日红"。人总是断不了时不时总有些病痛小恙；花呢，绽放十天半月就免不了萎谢。看看，诗人杨万里就善于从日常生活人们习见的现象中，从民谚入手，首联"只道花无十日红，此花无日不春风"，他要告诉人们的是，月季偏不是如此，它是"无日不春风"：那娇嫩的桃花、高贵的牡丹、孤傲的梅菊都不及月季。

春风呵护下的月季到底有多美？再看诗人笔下的颔联："一尖已剥胭脂笔，四破犹包翡翠茸。"月季花开有两种状态的美：当它含苞绽蕾时，刚露出一点点红，它就像美人纤手中那支蘸了胭脂的描容笔；再当月季完全绽放时，那伞形花序的重瓣犹如柔细的翡翠茸毛。那簇生重瓣的花序有红、绿、黄、紫四色，而且成双成对，煞是可爱。诗人在这里描绘了月季外貌的美艳。

颈联"别有香超桃李外，更同梅斗雪霜中"，诗人深入赞咏月季的品格。有人叹息：杏花红白太春迟，梨花淡白但畏寒，牡丹富贵只春晚，菊花高洁难过冬，寒梅傲雪怕春天。"唯有此花开不厌，一年长占四时春"（苏轼诗）。香，乃花的精气神。红桃、白李之香短暂即消。要比

斗霜雪的铮铮傲骨，月季才不输寒梅。

内外兼美的月季，诗人爱护有加，激情满怀。这日清早，他"折来喜作新年看"，在诗人眼中，月季成了过"新年"的象征，又突然醒悟道："忘却今晨是季冬。"诗人以此联语作结，让全诗带给读者回味美好生活的享受。

【作者简介】杨万里，见前《咏重台九心淡紫牡丹》篇。

〖诗词格律〗这首七律诗采用的是仄起入韵式，八句五韵。押上平声一东二冬韵。颔联、颈联对仗工整严谨，诗句的想象更是独特、奇妙。全诗的语言融文采与口语。读来抑扬顿挫，余音袅袅。

杜鹃花

喜山石榴花开—唐·白居易

忠州州里今日花，庐山山头去时树。

已怜根损斩新栽，还喜花开依旧数。

赤玉何人少琴轸，红缬谁家合罗袴？

但知烂漫恣情开，莫怕南宾桃李妒。

【花谱】唐代诗人白居易所咏的山石榴花，即杜鹃花。杜鹃花别名映山红、山石榴、满山红、照山红、红踯躅、山踯躅。落叶或半常绿灌木，株高达 3 米。花色有白色、粉红及条纹变种。同属种类很多，我国约有 600 种，是世界著名的三大名花之一。

仲春时节，满山杜鹃花烂漫怒放，极富诗情画意，备受人们喜爱。

据说诗人白居易初见此花时，把它赞为天魔女之化身，称它为花中的西施，曾上书朝廷，建议将此花封为"花中之王"。

杜鹃，被誉为"花中西施"；在十大名花中列第六名。

【诗词赏析】这首诗乃诗人写于元和十四年（819 年），正是白居易担任蜀中忠州刺史第二年的春天时候。诗人在这首诗中，寄寓了他的政治理想和人生追求。

我们先看看诗人面对杜鹃花，是如何表现他的"喜"。

首联以工整的对偶、铿锵的语调"忠州州里今日花，庐山山头去时树"二句，道出眼前的杜鹃花之来历。今日在忠州开花的杜鹃花，就是从江西庐山移植而来的。从音韵和谐的语气来看，落笔便似乎看到了诗人那心花怒放的喜悦之情。官宦人家的庭院有杜鹃花开，不是常事吗？诗人为何"喜"呢？一定有其充分的理由吧。请看：

颔联用"已怜根损斩新栽，还喜花开依旧数"二句，写出了诗人的第一喜：移栽之时，不幸"斩"伤其根，"新栽"这里不久，终于"喜"见杜鹃花又开，在庐山开多少，到了这里依然开多少！"依旧数"，乃夸张语，谁也不会去数一数花开数目，只表明此杜鹃树依然花满枝头。花，同样有着美丽的生命。移植时伤损其根，诗人焉得不"怜"？可是，此杜鹃依然花团锦簇，诗人又如何不"喜"！

颈联则以新奇的比喻"赤玉何人少琴轸，红缬谁家合罗袴？"道出了诗人的第二"喜"。出句将杜鹃花比作赤玉做成的琴轸（轸，琴上调弦的转轴），对句再将杜鹃花比作红艳艳的彩缬（缬，有图纹的丝织品）。是何人缺少赤玉琴轸呢？又是哪一家需要缝合丝绸裤子的红缬呀？来吧，我眼前就有！诗人用这二句描绘了花朵的外形与色泽，并赋予具有实际而珍贵的应用价值的比喻，其比喻新奇而贴切。此比喻还令人联想到诗人的政治抱负。他四年前因得罪权贵而被贬为江州司马，去年才得以升迁忠州刺史，心中十分希望得到朝廷的恩宠和重用。因为他正当壮年才高，大可发挥其"琴轸""红缬"的作用啊！想到此，诗人如何不再"喜"呢！

因此，尾联"但知烂漫恣情开，莫怕南宾桃李妒"，以拟人的手法，赋予杜鹃花以坦荡无私的胸襟，令诗人赞许、欢喜，写出了诗人的第三喜。杜鹃花但知无拘无束地烂漫盛开，毫不在乎周围的桃李心怀忌妒。南宾，南来的宾客，泛指周边。钩心斗角、争功夺宠，历来为官场的弊病。诗人在这里以杜鹃花自况、自勉，要心怀坦荡、光明磊落，"笑骂由他笑骂，清官我自为之"，至少，总要"独善其身"吧。

【作者简介】白居易（772—846）字乐天，晚年号香山居士。原属太原（今属山西）人，后迁居下邽（今陕西渭南）。元和年任左拾遗，后因得罪权贵被贬江州司马，后官至刑部尚书。在文学上，主张"文章合为时而著，歌诗合为事而作"，是新乐府运动的倡导者。常与元稹唱和，世称"元白"。有《白氏长庆集》。

〖诗词格律〗这是一首对仗很工整的七言律诗。全诗八句四韵，押去（仄）声七遇韵。此诗叙事明白，结构自然，层次清楚，顺理成章。不用典，不事藻绘，语言通俗浅易而又意蕴深远，真正体现了白诗的通俗平易的艺术风格。中间二联对仗亦工整，描绘出了那样富有诗情画意的喜悦境界，启发我们也展开丰富多彩的想象，叫人惊叹诗人驾驭对仗的功夫，由衷地佩服诗人妙笔生花的语言艺术。

晚行道旁杜鹃花—宋·杨万里

泣露啼红作么生？开时偏值杜鹃声。

杜鹃口血能多少，恐是征人泪滴成。

【诗词赏析】诗人一大早就奔波在路上，忽然见到了道旁怒放的杜鹃花。"泣露啼红作么生？"起句便提出了疑问：杜鹃花呀，你哭得如此伤心，不仅流泪还滴血，这是为什么？一股哀怨之情充溢眼前。因为是"晓行"，所以才花开有露；"露"即哭泣时的泪水；"红"即鲜红的血液。"么生"，是"什么"的口语。这句诗是诗人的自问。

第二句"开时偏值杜鹃声"，便是诗人按常人的思维进行的回答。杜鹃花之所以"泣露啼红"，就因为它偏偏在杜鹃鸟凄厉地鸣叫之时盛开。人们往往由杜鹃花的鲜红联想到杜鹃鸟啼出的血。传说周王朝末年的蜀王杜宇，不幸国难身死，死后精魂化为鸟，暮春啼哭，乃至口中流血，其声哀怨凄悲，动人心腑，此鸟亦名为杜鹃。杜鹃鸟嘴角有一红斑，像鸟鸣叫不止滴出的鲜血，啼时正值杜鹃花盛开，世人就说杜鹃花是杜鹃鸟啼血染红。"疑是口中血，滴成枝上花"。嘴角红斑与红花色彩相同，因此花、鸟同名。然而，这样的说法，诗人真会同意吗？

诗人断然不信。于是才有了第三句："杜鹃口血能多少。"诗人又自问：杜鹃鸟口里的血能有那么多吗？这一问，倒叫人不得不进一步思考"泣露啼红作么生？"的答案。

诗人这才肯定地再自答："恐是征人泪滴成。"鲜红的杜鹃花或许正是由征人的血泪滴聚而成！那么，谁是征人？诗人自己本身就是其中一分子，要不，何必黎明就急急赶路奔波？何况，当时正值金兵大举南侵，山河破碎，生灵涂炭，千万爱国将领长年背井离乡，在外抗敌；广大的老百姓躲避兵燹，四处流徙。这"征人"，几乎囊括了所有的百姓家庭。这种悲天泣地的哀怨，怎一个"泣露啼红"控诉得了？ 几行小诗，深刻地反映着诗人心连广宇的现实主义精神。

【作者简介】杨万里，见前《咏重台九心淡紫牡丹》篇。

〖诗词格律〗这首七绝采用的是仄起入韵式，四句三韵。押下平声八庚韵。全诗立意奇巧，想象新颖，口语入诗，正是杨氏"诚斋体"特色。

杜鹃花—宋·杨巽斋

鲜红滴滴映霞明，

尽是冤禽血染成。

羁客有家归未得，

对花无语两含情。

【诗词赏析】杜鹃花美艳多姿，在热烈之中有清逸之韵味，在茂盛之中亦无臃肿之偏失。怪不得诗人白居易在另一首诗《山石榴花十二韵》中惊呼："此时逢国色，何处觅天香！"

有人说，白居易赞的是杨贵妃如牡丹。不，他明明是在吟咏山石榴花。山石榴花，即杜鹃花。

尽管此诗的作者名不见经传，生卒年也不详。杨巽斋的这首小诗，在古代同类作品里，却是很不寻常的一首。他是怎样写杜鹃花的呢？古代诗人大多相信神话传说，以为杜鹃鸟是蜀王杜宇冤魂转世。每到春天，杜鹃鸟便凄惨惨啼唤着"不如归去"，啼得口吐鲜血；这血染出了美艳的杜鹃花（映山红），这样，"血染春花"和"杜鹃啼归"就成了历代诗人在诗中歌咏的主题及内容。

诗人杨巽斋在这首小诗里，将神话故事糅合在一起，"羁客有家归未得，对花无语两含情"。"羁客"，羁留他乡的旅客。诗人自身仿佛替代了杜鹃鸟，他才是啼唤出"不如归去"却"归未得"啊。诗人思乡，伫立花前，人花对视，人与鸟同病相怜——都是"归未得"。物与人融为一体，读来真叫人眼眶也湿了。

【**作者简介**】杨巽斋，生卒年不详，字逢吉，临川（今属江西）人。淳熙进士，曾任秘书郎。因得罪宰相，外任潮州、漳州地方官多年，有政绩。

〖**诗词格律**〗此七绝采用的是平起不入韵式，其平仄格式很贴切，四句二韵。押下平声八庚韵。全诗构思独特，语言明快如话却情味浓郁。

杜鹃花得红字——宋·真山民

愁锁巴云往事空，只将遗恨寄芳丛。

归心千古终难白，啼血万山都是红。

枝带翠烟深夜月，魂飞锦水旧东风。

至今染出怀乡恨，长挂行人望眼中。

【诗词赏析】作者真山民是南宋的遗民，他痛遭国亡，从此隐姓埋名，以山民自呼。所谓山民，乃山野之民，表示他永居山野，决不做元朝的官。

"得红字"，是说诗人和朋友分韵赋诗，他分到的是"红"字。

起句"愁锁巴云往事空"，说明诗人一定想起了唐代大诗人李白的诗《宣城见杜鹃花》："蜀国曾闻子规鸟，宣城还见杜鹃花。一叫一回肠一断，三春三月忆三巴。"该诗是说在异乡见到杜鹃盛开，而触动了思乡之情。据说诗人真山民是括苍（今浙江丽水东南）人，金兵南下，国破家亡，他逃难四川。眼前便是巴蜀之地，但却黑云压城，天昏地暗，历历往事皆空。"往事"，既指杜宇化魂杜鹃鸟却"归不得也"，更指南宋王朝灭亡的痛史而今都成为过往烟云，已是"遗恨"了。于是，才有对句"只将遗恨寄芳丛"。诗人将绝望的哀情和深沉的忆念寄托于遍山绽放的杜鹃花里。

颔联"归心千古终难白，啼血万山都是红"。然而，杜鹃鸟盼归的苦心，又能向谁表白？身负诗人寄托的杜鹃花鲜红遍野，又有谁能理解？一"千古"，一"万山"，说的是时间的长久和空间的悠远。这种痛失家国的凄凉何其深沉、悲壮！颈联"枝带翠烟深夜月，魂飞锦水旧东风"。

出句笔锋一转，描写的是在那静谧的月夜，青翠的雾霭萦绕着杜鹃花繁茂的枝条。诗人笔锋又突地宕开，仍然回到杜鹃鸟身上：杜鹃鸟的精魂乘着昔日的东风飞回日夜思念的锦水之滨。"翠烟""夜月"，是实写；"魂飞""东风"乃虚写。虚与实相衬，诗人对故国家园的悠远思念，其凄婉的意象动人至极。

尾联"至今染出怀乡恨，长挂行人望眼中"，那漫山遍野的红杜鹃就是用鲜血染红的，而这鲜血正是由遁迹天涯的亡国"行人"们怨恨的眼中滴流出来的。思悠悠，恨悠悠，那倾诉不尽的家国之恨啊，时时涌塞在诗人心头！

【作者简介】真山民，生卒年不详。真名不详，自呼山民，或仅知其本名桂芳。一说乃括苍（今浙江丽水东南）人，又一说系建宁浦城（今属福建）人。宋末进士。宋亡后窜迹隐沦。有《真山民集》。

〖诗词格律〗这是一首七言律诗，采用的是仄起入韵式。八句五韵，押上平声一东韵。颔联与颈联对仗工整。

山茶花

山茶—宋·陆游

雪里开花到春晚，世间耐久孰如君。

凭栏叹息无人会，三十年前宴海云。

【花谱】山茶别名茶花、川茶花、晚山茶、耐冬、曼陀罗树、华东山茶。山茶科，山茶属。常绿灌木或小乔木。株高30厘米至3～4米。叶呈倒卵形或椭圆形，革质，上面光亮，边缘有小锯齿。冬春开花，花瓣5～7枚，大红色；栽培品种则有白、红等颜色，且多重瓣。

栽培品种达十几种之多，诸如白洋茶：又名千叶白，花色纯白。

什样锦：花色桃红，间以白色条纹。

红茶花：花色粉红，旧称杨贵妃。

五小星：花色桃红，杂生于细碎花瓣中。

朱顶红：花色朱红。

玫瑰茶花：又叫木兰茶花。

金星：花期长达4个月，耐寒。

小桃红：开花期早，花期长，从11月到第二年4月。

四面锦：花红色，卷心有四个。

山茶原产中国、朝鲜、日本，为热带亚热带树种，是我国著名的观赏植物。山茶花为我国的传统园林花木。它枝叶繁茂，四季常青，花期较长久。常配置于园林的疏林边缘、假山、亭台、庭院、粉墙旁边；作为盆栽，则置于阳台、户外窗前。

山茶，其木材供雕刻和制作农具用；种子榨油供食用和工业用；中医以花入药。性寒味苦，其功能为凉血、止血，治吐血、便血。

山茶，被誉为"花中珍品"，在十大名花中名列第七。

【诗词赏析】大诗人陆游享年85岁，宋宁宗嘉泰二年（1202年）他77岁，正赋闲在山阴故里，生活宁静而简朴。垂暮之年，写下了这首《山茶》诗。

首句"雪里开花到春晚"，充满着诗人对山茶花的浓浓爱意。山茶花之可爱又可贵处在于花期较长：梅花还未绽放，山茶花便含苞吐蕊；桃、李谢了，山茶花还在烂漫怒放。怪不得，放翁在另一首咏山茶花诗里歌道："东园三日雨兼风，桃李飘零扫地空。唯有山茶偏耐久，绿丛又放数枝红。"

第二句"世间耐久孰如君"，我们仿佛见到一耄耋老翁，正对着山茶花拈须微笑着赞道："天地间百花最耐久的，只怕没有谁能比得上你了！"

写到第三、四句，诗人转瞬沉吟起来："凭栏叹息无人会，三十年前宴海云。"诗人似乎在叹息，山茶如此可爱、可贵，但没有人理解你、欣赏你啊。尤其是令诗人想起了三十年前的往事。那是一段什么样的往事呢？关于"海云"，在《剑南诗稿》中有诗人的自注："成都海云寺山茶开，故事宴集甚盛。"在这里，诗人是以三十年前山茶花开的繁盛，来对比现在的山茶花受到的冷落。那么，三十年前又是如何呢？

回溯三十年前，正是乾道八年（1172 年）。陆游应四川宣抚使王炎之聘，投身军旅生活。任职时间不长，但"从戎驻南郑""射虎南山秋"，初步实现了陆游"上马击狂胡，下马草军书"的志向。这是他一生得以亲临前线的唯一机会。他身着戎装，卫戍大散关，考察地形，积极准备打击敌人。但不到一年，就被调任成都，诗人痛心不已。但那一段"匹马戍梁州"的军旅生活，直至暮年他仍念念不忘。此诗中的"三十年前宴海云"正是指诗人这一段备受赏识的辉煌经历。

诗人其实是借叹息山茶花无人欣赏慨叹自己无人赏识。当年，王炎和陆游认为长安唾手可得之时，南宋最高统治集团对内苟安偷生，对外坚持投降路线，王炎被调离任，陆游也改任成都安抚使参议官。而今，诗人虽老矣，可尚能饭呀。情难自抑，心中为自己再也不能像三十年前那样受到欣赏，奔赴疆场而感到悲愤、哀伤！

【作者简介】陆游，见前《梅花·卜算子》篇。

〖**诗词格律**〗这是一首七绝。诗人采用的是仄起不入韵式。四句二韵，押上平声十二文韵。

玉茗花—宋·范成大

折得瑶华付与谁，

人间铅粉弄妆迟。

直须远寄骖鸾客，

鬓脚飘飘可一枝。

【诗词赏析】诗题中的玉茗花，是白山茶中的上品。花为黄心绿萼，清亮素雅，其亭亭伫立的姿态有如着宽袍广袖的白衣仙女。所以，诗人笔下起句为"折得瑶华付与谁"。"瑶华"，洁白如玉的花。《楚辞·九歌·大司命》："折疏麻兮瑶华。"张九龄亦有诗《立春日晨起对积雪》："忽对林亭雪，瑶华处处开。"如此高洁典雅若白玉的山茶花，折下来以后，该送给谁呢？诗人免不得有些迟疑。

紧接下句"人间铅粉弄妆迟"，让诗人心中有了主意。环目四顾，诸多人间女子只会涂脂抹粉，借铅粉装饰容貌，那些凡俗女子绝对不配受领这样的仙花。

那怎么办？仙花直应仙人戴。"直须远寄骖鸾客，鬓脚飘飘可一枝。"诗人的慧眼投向了上天。"骖"，三驾马拉的车；"鸾"，凤凰一类的鸟。"骖鸾客"，在云中骑坐神鸟高车的仙人。只有那些鬓须飘曳、逍遥自在的仙人，才值得佩戴这白玉般的山茶花。在诗人的眼中、心中，这玉茗花有了最好的归宿。

小诗一首，含蕴甚深。看似极致地赞美洁白如玉的山茶花，却曲折委婉地抒发出诗人内心对仕途生涯的厌倦。范成大一生虽官位较高，但决不热衷功名，他居官勇于为国，却时时存退隐之心。他更看不起世间官场的那些凡俗之辈。在官场里，他总是深感孤独、寂寞，宁愿隐居超脱，幻游于仙界。此诗便深藏着这种意境。

【作者简介】范成大，见前《蜀花以状元红为第一，金陵东御园紫绣球为最》篇。

〖诗词格律〗这是一首七言绝句。采用的是仄起不入韵式，四句二韵。押上平声四支韵。范成大的诗以朴素白描的语言，秀雅清婉的格调著称。这首《玉茗花》以丰富的想象力营造出一种飘逸的境界，给人以赏心悦目的自然美的享受。而且，他的七绝，从内容到形式都有创造性，在我国诗歌发展史上发挥了重要的作用。

荷花

白莲—唐·陆龟蒙

素花多蒙别艳欺，此花端合在瑶池。

无情有恨何人觉，月晓风清欲堕时。

【花谱】荷花别名莲花、水芙蓉、芙蕖、菡萏、白莲、泽芝等。睡莲科。多年生水生草本。根状茎横生于地下泥中，秋末时，茎入土后膨大成藕。藕供食用或制成藕粉；莲子也为滋补品。藕节、莲子、荷叶均可入药。荷花其叶圆形，高出水面，直径25～90厘米。果实就是莲子，莲子为滋补佳品。

荷入夏即开花。花单生在花梗顶端，花瓣直径 10～20 厘米；花瓣多色，有红色、粉红色或白色。每到夏日湖面开满荷花之时，眼前碧叶连天，红花映日，令人润心畅怀。

历代的文人墨客都爱莲，宋代的周敦颐在一篇仅百十余字的《爱莲说》短文中，说他独爱莲之出淤泥而不染，濯清涟而不妖，中通外直，不蔓不枝，香远益清，亭亭净植，可远观而不可亵玩焉。他接着说：如果说菊为花之隐逸者，牡丹为花之富贵者，莲则为花之君子者。荷花在十大名花中列第八名。

【诗词赏析】这是一首歌咏白莲的诗，寄寓了诗人高洁脱俗的情怀和理想。诗人笔下的白莲花，是他理想化了的人格象征，暗寓自己遭受排挤、怀才不遇和孤芳自赏的幽怨。

前两句"素花多蒙别艳欺，此花端合在瑶池"，写白莲花在水中凌波独立，受到看起来更加艳丽的红莲花之白眼和排挤乃至欺凌。也许，像这样的白莲花真不应该挤塞在尘俗的凡间，而应该置身于仙界瑶池。素花，即白莲花。素，白色。这两句诗，是诗人赞美白莲花素雅高洁的品质，不满于世俗之人那种浅薄而庸俗的偏见。白莲花颜色不如红莲花那样醒目，那样招人注意。"别艳"，当指红莲花之类。当红日照临荷池，艳丽的红莲花光彩夺目并且扬扬自得。而白莲花呢，独自寂寞地绽放，我行我素，却并不在乎他人是否热情关注，也不乞求为人所知。然而，诗人却独具慧眼，他为白莲花那"清水出芙蓉，天然去雕饰"的朴实无华发出赞赏之声！白莲花，理该是上天王母娘娘身边的宠物。王母住在瑶池，白莲该是天上的仙花，是瑶池边亭亭玉立的仙女。"端合"即"本应该"的意思。

后二句"无情有恨何人觉，月晓风清欲堕时"。诗人当时隐居在松江甫里，因此在见到白莲花开放时，他没有刻意去描摹白莲花的形状、色彩，而是将白莲更加人格化、个性化，写出了白莲花高洁自守的精神。在"月晓风清"、秋夜渐凉的朦胧曙色中，白莲花依然在开放，尽管默默无言，仿佛"无情"似的，然而却更加楚楚动人，虽"有恨"却也无人知晓。清初诗论家王士禛曾这样评价道："无情之语，恰是咏白莲诗，移用不得。"所谓"有恨",是指白莲隐隐感到自己冰肌玉骨,如此清芳,却终不为世人所知,岂能毫无伤感和遗憾呢。当然,这分明就是作者本人——唐末时退隐山林、孤洁自守却又未忘心怀天下的诗人自己的情操的写照。那种退隐山林,不正是一种"欲堕时"的"有恨"吗?诗人晚年隐居在江南水乡,可他仍保持自己的操守,被人们称为江湖散人,他自号天随子。自编其诗文为《笠泽丛书》。鲁迅先生评价其书中的小品文,说他"并没有忘记天下,正是一塌糊涂的泥塘里的光彩和锋芒"。(《小品文的危机》),因此,这首《白莲》同样体现了这样一种情怀:诗人将自己高洁的个性融进了对白莲的赞美之中。

【作者简介】陆龟蒙(?—约881),字鲁望,姑苏(今苏州)人。举进士不第。隐居松江甫里,与皮日休齐名,人称"皮陆"。其诗以写景咏物为多,有《甫里先生文集》。

〖诗词格律〗史书上有记载,说陆龟蒙性情野逸,不爱拘束,也不喜与凡俗人交往。在这首诗中,他不仅将自己高洁的个性融进了对白莲花的描绘之中,就连诗的平仄也不那么讲究了。这种不依常格的诗,称为"拗体"。唐人所谓"拗",指变换第二、四、六字外,七言的则着重在第五字。但陆龟蒙的这首诗读起来仍然觉得语言工丽,意境优美。

莲花—宋·杨万里

红白莲花开共塘，

两般颜色一般香。

恰似汉殿三千女，

半是浓妆半淡妆。

【诗词赏析】莲花之美德，的确令自古以来的无数诗人墨客倾心歌咏。它入夏才开，不在春天与百花争艳；它开在湖中、池塘，也不与群芳斗丽，真称得上是"花中君子"。

南宋诗人杨万里这首诗，对开在池塘中的双色荷花赏爱流连，格调清新明快。起二句"红白莲花开共塘，两般颜色一般香"，诗语浅显、细腻、真切，形同口语。这样的景物描写，实实充盈着静态之美。

"恰似汉殿三千女，半是浓妆半淡妆"。此塘中荷花既是红、白二色，且幽香无异，诗人展开了瑰丽的想象。一个"恰似"，就把上二句与下二句天衣无缝地勾连了起来。满池红白荷花真若后宫的数千佳丽，她们中的一半浓妆艳抹，一半淡扫蛾眉。如此新奇的遐想，不但启迪着人们的思路，更让人领略荷花的仙韵风姿。

【作者简介】杨万里，见前《咏重台九心淡紫牡丹》篇。

〖诗词格律〗这首七绝诗采用的是仄起入韵式，四句三韵，押下平声七阳韵。

渔家傲·荷花——宋·欧阳修

荷叶田田青照水，孤舟挽在花阴底。昨夜萧萧疏雨坠。愁不寐，朝来又觉西风起。

雨摆风摇金蕊碎，合欢枝上香房翠。莲子与人常厮类，无好意，年年苦在中心里。

【诗词赏析】这首词写的是一个采莲女的内心苦痛和愁闷，只因她见到荷花被风雨摧残，不禁悲从心起。"荷叶田田青照水，孤舟挽在花阴底"。上片起二句写采莲女在大清早驾一叶孤舟，来到了遍是荷花的湖面，将孤舟挽在"花阴底"。她为什么而来？就是因为"昨夜萧萧疏雨坠。愁不寐，朝来又觉西风起"，疏雨萧萧下了一夜，让她一夜未眠，偏偏清晨又刮起了西风！

下片首二句"雨摆风摇金蕊碎，合欢枝上香房翠"。"金蕊"，指黄色的花蕊："合欢"，指并蒂莲："香房"，指莲蓬。采莲女眼前只见满湖的荷花在风吹雨打之下，花瓣飘落，花蕊凋散，嫩翠的莲蓬还没有成熟。采莲女的心情真是坏到了极致。因为她更想起了远方的亲人，这一点下片的后三句"莲子与人常厮类，无好意，年年苦在中心里"就已经明示出来了。诗人以莲心之苦类比采莲女内心之苦：荷塘的败落景象与采莲女心中的凄切之苦是一致的。

【作者简介】欧阳修（1007—1072），字永叔，号醉翁，晚年又号六一居士，吉水（今属江西）人。宋天圣八年举进士。曾任枢密副使、参知政事。王安石推行新法，欧阳修与他有不合处，退居颖州。他对追求靡丽形式的文风很不满，且积极培养后进，是北宋古文运动的领袖，为"唐宋八大家"之一。其词主要写恋情游宴、伤春怨别，深婉而清丽，承袭南唐余风。其诗风与其散文一样，抒情委婉、流畅自然。有《欧阳文忠公集》《六一词》。

〔**诗词格律**〕《渔家傲》调是北宋年间的流行词牌，曾有人用来作"十二月鼓子词"。此词仄韵双调，六十二字，上下片各四个七字句、一个三字句。每句用韵。另有六十六字者为变体。此词牌始于北宋晏殊，因其词中有"神仙一曲渔家傲"句，便取"渔家傲"三字作调名。且因句句用韵，声律和谐，既可用于一般抒情，更宜表达悲凉情感。

又名《吴门柳》《忍辱仙人》《荆溪咏》《游仙咏》。添字者则叫《添字渔家傲》。

词韵依照平水韵，但是，填词一般用韵较宽，往往把邻近的韵合并为一个韵部。在宋词中，上、去声通押更加常见，如"异、意、起、里、水、计、地、寐、泪"中的上、去声均可押韵。欧阳修的这首词就是如此。

《渔家傲》词谱：仄仄平平平仄仄，平平仄仄平平仄。仄仄平平平仄仄，平仄仄，平平仄仄平平仄。

仄仄平平平仄仄，平平仄仄平平仄。仄仄平平平仄仄。平仄仄，平平仄仄平平仄。

（有圆圈者表示平仄均可。短横线表示韵脚。）

赠荷花—唐·李商隐

世间花叶不相伦，　花入金盆叶作尘。

惟有绿荷红菡萏，　卷舒开合任天真。

此花此叶常相映，　翠减红衰愁杀人。

【诗词赏析】诗人李商隐是个情深义重的男儿。据传他在 26 岁娶王茂元之女前，就曾有一恋人名叫荷花。后荷花不幸早夭。李商隐对她的忆念终生难忘。了解这段隐情，对我们品读这首小诗大有裨益。

起二句"世间花叶不相伦，花入金盆叶作尘"，说的是世上人们在对待花和叶上，是很不公平的：把花栽培在漂亮的盆里，而对叶子却任由它们"零落成泥碾作尘"。哪怕百花本身也是如此。梅花、桃花、碧桃、杏花、紫荆花、山茱萸、迎春花、探春花、李花、辛夷、蜡梅、樱桃……它们都是花先叶后：当绿叶长出来时，它们的花儿早就凋谢了。殊不知"红花虽好，还得绿叶扶持"，绿叶未出芽，红花便自然早早谢了。

"惟有绿荷红菡萏，卷舒开合任天真。"只有荷花懂得：红花离不开绿叶。不信请看：满湖青翠的荷叶有卷有舒，鲜艳的荷花有开有合，多么任性天真。

"此花此叶常相映，翠减红衰愁杀人。"诗人赞美荷花，红花和绿叶总是长相厮守、相互辉映，互相不离不弃。一旦绿叶"翠减"，红花便会"红衰"。

荷花如此，万物之灵长就更应该懂得此理了。前曾提到诗人对早年的恋人荷花的怀念。他有另一首诗《暮秋独游曲江》可以佐证："荷叶生时春恨生，荷叶枯时秋恨成。深知身在情长在，怅望江头江水声。"
诗意极明朗：荷花及笄时与恋人相遇，恨不能聚首；荷花早夭，秋恨绵绵。
我深知身在人世，对她的怀念就长久存在，有如那眼前不尽的滚滚江水。
怪不得李商隐后来的多篇《无题》诗作，除了暗寓政治上的失意坎坷，
还有诗人内心更深沉的情感波折。

【作者简介】李商隐，见前《牡丹》篇。

〖诗词格律〗这是一首古体七言诗。古体诗，又称"古诗""古风"，
与近体诗相对，产生较早。每篇句数可不拘，有四言、六言、七言、杂
言诸体，后世使用五言、七言较多。李商隐这首诗就是古体七言诗。这
种古体诗，不求对仗，平仄和用韵也较自由。

诗人的这首诗一反一贯晦涩的风格，语言浅显自然，与其内容很好
地统一起来。其诗的要点在于对死去的恋人荷花之怀念，沉痛地伤感着
"此花此叶常相映"。

桂
花

春桂问答二首—唐·王绩

问春桂:

桃李正芳华，年光随处满，何事独无花?

春桂答:

春花讵能久? 风霜摇落时，独秀君知不?

【花谱】桂花别名岩桂、金栗、木樨、九里香。木樨科，木樨属。常绿灌木或小乔木。株高达 12 米；枝叶丰盛，叶对生，深绿色，但新叶呈淡红色。秋季 9 月开花，花黄色或黄白色，特别芳香。桂树喜阳光，不耐寒。桂花的变种有：金桂，花色浅黄转淡红，香浓；银桂，花白色，浓香；四季桂，花柠檬黄或淡黄色。

桂花树叶茂而常绿，树冠圆整，秋季开花时，甜香洋溢。它是我国传统园林花木，亦可盆栽，别具雅趣。

人们不会忘记桂花与月亮以及"吴刚伐桂"的神话故事。传说月中桂树高 500 丈。早年的吴刚学仙时违犯道规，被贬到月中去伐桂。然而，千万年过去，总是"树创随合"，依然如旧；只能等到中秋时桂花盛开，吴刚才能在树下稍事休息。

自古以来，人们将桂花及其果实看作崇高、吉祥、美好的象征：良好的子孙誉为桂子兰孙；月亮为"桂魄"，月宫称"桂宫"；秋试及第叫"折桂"。而古希腊人则用桂树叶织成花冠，称为桂冠；英国王室把优秀诗人誉为"桂冠诗人"。

桂花原产中国，在我国已有 2500 多年的栽培历史。屈原《九歌》中就有"奠桂酒兮椒浆"的句子。风景甲天下的桂林，是因为古时那里曾广植桂花树而得名。

桂花在十大名花中列第九名。

【诗词赏析】唐初诗人王绩由隋入唐，一反南朝和唐初宫廷诗风的华靡艳丽，风格清新朴素。这两首诗的表现手法就很独特，新意突兀。历代文人咏桂一般总是着眼于桂本身的姿态、香气或它的争奇斗艳；然而，王绩不然。他在前一首诗里，劈头即以一种不解的口气问春桂：在此桃李芳菲、春光满园的时节，你为什么独独不开花呢？

春桂则在后一首诗作答。诗人在后诗中用拟人的手法，通过春桂与诗人之间的一问一答来表达诗人内心的本意。在这里，春桂并不正面回答诗人，而紧接下来以反问的语态告知诗人：春花怎么能够长久招摇？不信，在"风霜摇落"过后，你知道会是谁独自芬芳吗？"讵"，怎，岂；"独秀"，独自芬芳。

这两首小诗（其实就是一首诗）蕴含着诗人王绩怎样的情感呢？诗人既吟咏了桂花不与春花争艳的矜持、独秀的品格，更鄙夷那种趋炎附势、哗众取宠的卑劣宵小。诗人王绩尽管早年有抱负，但仕途一失意就心灰意冷。归田以后，去追怀古代的隐士了。

【作者简介】王绩（589—644）字无功，绛州龙门（今山西河津）人。曾居东皋，自号东皋子。兄王通。在隋时官至秘书省正字，唐初以原官待诏门下省。后弃官还乡，放诞纵酒，其诗对现实不满，表露出消极思想。有《东皋子集》。

〖诗词格律〗此诗当属五言古风。不须对仗，平仄与用韵自由。在初唐时期，这首诗显得特别独特新颖，构思新巧，极富情趣，颇具值得玩味的"独秀"之处。

鹧鸪天·桂花——宋·李清照

暗淡轻黄体性柔，情疏迹远只香留。何须浅碧深红色，自是花中第一流。

梅定妒，菊应羞。画栏开放冠中秋。骚人可煞无情思，何事当年不见收。

【诗词赏析】李清照词婉约、细腻、含蓄，擅长白描，善用口语，能炼字、炼句、炼意、炼格，自成"易安体"。这首《鹧鸪天》咏桂花词非常质朴，语言明快如话。唯其质朴，正吻合女词人自身的清高品格，亦如同她所吟咏的桂花。也即该词上片前两句描写的那样："暗淡轻黄体性柔，情疏迹远只香留。"在争奇斗艳的百花之中，桂花的花朵轻小，花色淡黄，是那样不招人青睐。女词人却给了桂花恰如其分的评价："暗淡""性柔"。不，还不止如此。词人更点明桂花在个性上是"情疏迹远"：情意淡薄，不随大流乃至远离时俗。

看似不惹眼的桂花却有香气长留，而且，词人进一层指明："何须浅碧深红色，自是花中第一流。"桂花不需要红红绿绿的艳色去哗众取宠；它本来就在百花之中冠压群芳！这上片四句，对桂花先贬后褒，既出乎意外，但却实实地顺理成章。

词人高度赞誉桂花。下片起句就说："梅定妒，菊应羞。"为什么？因为在易安居士看来，好多文人总是推崇寒梅、秋菊。可她不这样认为。她觉得桂花的品格在梅、菊之上。她在另一首词《摊破浣溪沙》就有同样的表述"梅蕊重重何俗甚，丁香千结苦粗生"。易安居士就是看不起梅、菊和丁香之类。这是不是有些"矫枉过正"？不能这样看。李清照是我国文学史上杰出的女词人。她从来就不屈服于封建礼教对女性的压制和扼杀。她也看不起那些庸庸碌碌的男人。要知道，在南渡后，她曾写下"南渡衣冠欠王导，北来消息少刘琨""生当作人杰，死亦为鬼雄。至今思项羽，不肯过江东"的诗句，鞭挞那些见了敌人只知逃跑的男人。这种巾帼英雄气概贯穿了她的一生。所以，她在词的下片继续抒发出内心的感叹："画栏开放冠中秋。骚人可煞无情思，何事当年不见收。"桂花既是在百花中冠压群芳，文人骚客们就该止息那些无关痛痒的情思和关注，为什么当年不收束对梅、菊那些多余的推崇呢。

其实，整首词的主旨是女词人以桂花自喻。桂花的矜持、清高和自信，正是易安居士自身的贴切写照。

【作者简介】李清照，见前《多丽·咏白菊》篇。

〔诗词格律〕《鹧鸪天》调系据唐人郑嵎诗句"春游鸡鹿塞，家在鹧鸪天"而取名的。又名《思佳客》《思越人》，因贺铸的词有"梧桐半死清霜后"句，故又名《半死桐》。全词用平韵，五十五字。上片七言四句，等同于一首七绝。下片换头是两个三字句，若改为七言仄韵脚句，也是一首七绝。可见该调乃由一首七律演变而成。上片前两个七字句，和换头两个三字句，一般用对偶。

《鹧鸪天》词谱：仄仄平平仄仄平，平平仄仄仄平平。平平仄仄平平仄，仄仄平平仄仄平。　平仄仄，仄平平。平平仄仄仄平平。平平仄仄平平仄，仄仄平平仄仄平。

（有圆圈者表示平仄均可。短横线表示韵脚。）

春暮思平泉杂咏二十首·月桂——唐·李德裕

何年霜夜月，桂子落寒山。

翠干生岩下，金英在世间。

幽崖空白老，清汉未知还。

惟有凉秋夜，嫦娥来暂攀。

【诗词赏析】桂花历来受到人们的喜爱。它花虽细小，淡黄色，算不上鲜艳夺目，但每至中秋月亮最明时，它便悄然绽放，散发出袭人的芳香，洋溢于世间天外。它更与月里嫦娥、吴刚共同活跃在同一美丽的神话之中，它的名字就叫月桂。桂花，在百卉之中绰约超群。

诗人李德裕在武宗朝任宰相，秉政六年，他外攘回纥，内平泽潞，颇有建树。可惜宣宗继位之后，白敏中、令狐绹当国，反对李德裕曾推行的政令。李德裕成为他们打击、陷害的对象，最终被贬为崖州司户。这首《月桂》诗，便是诗人由朝中重臣贬往崖州后的抒怀之作。

诗的前四句云："何年霜夜月，桂子落寒山。翠干生岩下，金英在世间。"诗人李德裕面对寒山桂影，驰骋神思，联想自身而突发奇想：这株桂树呀，敢莫是在很久很久之前的某一年一个明澈如霜的夜晚，从月宫桂树枝头落下一颗种子在这寒山之上，从此就出现了一株月桂？是的，就是这样。它翠绿的枝干亭亭伫立在悬崖边上，金色桂花的香气弥漫人间。

诗的后四句则是诗人的感慨、忧愤之语："幽崖空白老，清汉未知还。惟有凉秋夜，嫦娥来暂攀。"月桂留落山崖，年复一年，岁月悠悠，徒自空老，再也无法回到银河畔的月宫；只有在清凉的秋夜，仙女嫦娥偶尔前来看视了。"清汉"，指天河、银河。陆机《拟迢迢牵牛星》："昭昭清汉晖，粲粲光天步。"

通过以上的品读，诗人李德裕很明显地自比月桂。桂树的种子掉落人间，象征着诗人从京城被贬落到了边远的荒凉之地，但他虽遭贬谪，仍旧不服，犹抱清香；桂树在幽静的山崖孤寂地度过一生，象征着诗人清醒地认识到自己必将死在这南荒之地，从此绝无生还之路。"嫦娥来暂攀"，不过是喻指京中友人偶尔会前来探望。当然，这不过是自慰罢了。

全诗抒发着诗人李德裕满腔的忧愤与感伤以及孤芳自守的悲凉情愫。

【作者简介】李德裕（787—850）字文饶，赵郡（今河北赵县）人。武宗时任太尉，当朝六年，颇有政绩。宣宗李忱继位之后，牛党执政，被贬潮州司马，继又贬崖州（今广东海口琼山区东南）司户。卒于任所。著有《李文饶文集》，亦名《会昌一品集》

〖诗词格律〗这是一首五言律诗。采用的是平起不入韵式，八句四韵。押上平声十五删韵。中间二联工对。

桂枝香·观木樨有感寄吕郎中—宋·陈亮

天高气肃，正月色分明，秋容新沐。桂子初收，三十六宫都足。不辞散落人间去，怕群花，自嫌凡俗。向他秋晚，唤回春意，几曾幽独！

是天上、余香剩馥。怪一树香风，十里相续。坐对花旁，但见色浮金粟。芙蓉只解添愁思，况东篱、凄凉黄菊。入时太浅，背时太远，爱寻高躅。

【诗词赏析】吕郎中指吕祖谦。吕祖谦是陈亮的同僚。吕祖谦于孝宗淳熙六年（1179 年）官吏部郎中，同年 4 月因病归乡。后来，陈亮去看望他，两人促膝谈至深夜。是年秋，木樨（桂之别名）开放。陈亮观花有感而作此词寄给他。

上片前三句"天高气肃，正月色分明，秋容新沐"点明桂花开放在中秋明澈的月夜。"桂子初收，三十六宫都足。"说的是桂花丰收了，天上众多宫阙收储的桂花绰绰有余了。"不辞散落人间去，怕群花，自嫌凡俗。"我——桂花心甘情愿散落到人间去，只怕群芳有些自惭形秽。"向他秋晚，唤回春意，几曾幽独！"我乐意在这秋天的夜晚倾吐芳香，只想唤回消逝的春意，又何曾在乎自甘幽独！

词人陈亮在上片采用拟人手法，借桂花言明自己的志向，展示出桂花的高洁品格、满腔热忱。当时，宋朝南渡近六十年，满朝文武大都苟且偷安。陈亮曾四次上书孝宗，重申自己北伐主张，企图说服孝宗再度抗金。

词人于下片直抒心意。先看前三句："是天上、余香剩馥。怪一树香风，十里相续。"词人赞誉桂花的清香：天上香气弥漫，送来一阵香风，十里相传。"坐对花旁，但见色浮金粟。"桂花就像细小的金黄的粟米一样。先闻其香，再观其色，人和花融为一体。"芙蓉只解添愁思，况东篱、凄凉黄菊。"陈亮在这里把桂花和芙蓉花、菊花相比。芙蓉，即木芙蓉，八九月开花，又名拒霜花。这里是说，芙蓉只能使我增添忧愁，那东篱凄凉的黄菊又能给我什么呢？说到此，词人陈亮带着几分沉重和伤感对桂花说：你呀，"入时太浅，背时太远，爱寻高躅"。什么意思？词人说，桂花呀，你易开易落，开在深秋，目无艳色，还偏偏爱寻找那高远的去处。你就跟我一样，当人人都不管国家的存亡大事，只管各自谋取私利时，我独怀复国之大志，还力劝皇上"不可苟安以玩岁月"，致使"当路见憎""以为狂怪"（《宋史·陈亮传》）。我不懂人情世故，这难道还不是入时太浅吗？我周围那些豪门贵族皆昏乱不明、醉生梦死，我却独醒独清，不随波逐流，不趋炎附势，与世风大相背离，这不就是背时太远吗？我居然也爱步先贤的足迹，追寻梦寐以求的政治理想，这是终身难改的毛病啊！

词人陈亮借桂花言志，正话反说，抒发自己内心无穷的忧愤和牢骚。词作者的现实生活和他的政治理想之间，就这样有着无法调和的矛盾。

【作者简介】陈亮（1143—1194）字同甫，婺州永康（今属浙江）人。时人称为龙川先生。一生主张抗金，反对议和。光宗绍熙四年（1193年）中进士第一名，得任签书建康府判官，未到任而卒。其词风慷慨豪放，与稼轩相近，与辛弃疾同为南宋前期著名的爱国词人。有《龙川词》。

〔**诗词格律**〕唐裴思谦状元及第后赋诗，有"夜来新惹桂枝香"句，当是此调取名所本。《词谱》以王安石词为正体。一百零一字。上下片各十句五仄韵。上下片第二句，乃一字豆句式。上下片四、五两句，既可作上六下四，也可作上四下六。又名《疏帘淡月》。

《桂枝香》（双调101字）词谱：

平平仄仄。仄仄仄仄平，仄平平仄。仄仄平平仄仄，仄平平仄。

平平仄仄平平仄，仄平平、仄平平、仄平平仄。仄平平仄，仄平平仄，
仄平平仄。

仄仄仄，平平仄仄。仄仄仄平平，平仄平仄。仄仄平平仄仄，仄
平平仄。平平仄仄平平仄，仄平平、平仄平仄。仄平平仄，平平仄仄，
仄平平仄。

　　（有圆圈者表示平仄均可。短横线表示韵脚。）

水仙

王充道送水仙五十枝，
　　欣然会心，为之作咏
　　　——宋·黄庭坚

凌波仙子生尘袜，水上轻盈步微月。
是谁招此断肠魂，种作寒花寄愁绝？
含香体素欲倾城，山矾是弟梅是兄。
坐对真成被花恼，出门一笑大江横。

【花谱】水仙别名雅蒜、金盏银台、天蒜等。石蒜科，多年生球根草本，具鳞茎。叶扁平，阔线形，每逢农历岁暮，水仙常与梅花相继开放。开时抽出花茎，近顶端有膜质苞片，苞开后放出花数朵，排列成伞形花序。花白色或淡黄色，芳香，花的内部有黄色杯状突起物（称副冠）。

水仙主要产于我国浙江、福建等地。鲜花是制作高级芳香油的原料；鳞茎多液汁，有毒，捣烂可敷治痈肿。

水仙花在我国引种栽培已有一千多年的历史，素为我国人民所喜爱，常常作为冬季室内观赏植物，被置于案头窗台，极显盎然春意。栽培方式有盆栽和水养，水养要注意勤换水。在园林中则植于疏林、路边。水仙还是我国传统的出口花卉之一。

水仙，被誉为"凌波仙子"；在十大名花中列第十名。

【诗词赏析】水仙在国外也是很有名的花种。相传在古希腊神话中，水仙原是一位美男子，却不钟情于任何女性，只爱自己映在水中的影子。当他扑向水中去拥抱影子时，灵魂化成了美丽的水仙花。在本诗中，黄庭坚江陵的朋友王充道送来水仙五十枝，他顿时"欣然会心，为之作咏"，他面对水仙想到了那多情孤寂的洛水女神。曹植《洛神赋》说，洛神宓妃就因不能与自己相爱的人结为眷属，终日多愁善感，常常徘徊于清凉的洛水微波之上而顾影自怜。

因之，诗人起笔便脱口而出："凌波仙子生尘袜，水上轻盈步微月。"《洛神赋》还说："凌波微步，罗袜生尘。"诗人想到，宓妃仙女在暗淡的月光下，穿着沾了细灰的罗袜，轻盈地在寒江上漫步，一定是郁郁寡欢，却又是何等招人怜爱啊！打从黄诗传出，"凌波仙子"便成为水仙最贴切的别名雅号，一直流传至今。

"是谁招此断肠魂，种作寒花寄愁绝？"诗人转而想到；那究竟是谁招引来这断肠的精魂，栽种成了高雅的"寒花"，并且以此来寄托她无尽的愁思呢？诗人在这里悄悄将自己的情感推度到水仙花中。诗人黄庭坚被卷入新旧党的斗争后，老来遭贬谪后，内心自是有些像水仙一样，总感到孤独幽愤。

此时，正是寒冬，诗人凝视着水仙在碧水白石之上亭亭玉立，那冰雕玉琢的鳞茎，修长如带的绿叶，金镶银镀的花朵，沁人肺腑的芳香，就一碟清水，几颗石子，以独特的姿韵跻身于群芳之中。诗人情难自抑地感叹道："含香体素欲倾城，山矾是弟梅是兄。"山矾也叫七里香，春开小白花，极香。本来，当时冬末春初开花的先后顺序是：梅花、山茶、水仙、瑞香、兰花、山矾、迎春……黄诗句"山矾是弟梅是兄"，正是以这组名花的生日作为依据，让水仙与梅花、山矾称兄道弟。

诗之尾联耐人玩味。诗人"被花恼"了。真奇怪，面对美丽的水仙花，却被它扰乱了情怀，"坐对真成被花恼，出门一笑大江横。"此中有一段故事。相传黄庭坚在寄居江陵时，爱上了邻家一位美女，此女别嫁后，诗人思慕不已，曾作诗叹道："可惜国香天不管！"此时坐对水仙，但见凌波仙子脉脉含情，仿佛再见靓影，焉得不恼？于是欣然一笑走出门去，却只见大江横在眼前。水仙花带给诗人的情绪，是快慰还是烦恼，谁也说不明白了，这水仙花诱人的魅力，还是让人们各有所见吧。

【作者简介】黄庭坚（1045—1105）字鲁直，号山谷道人，晚年号涪翁，洪州分宁（今江西修水）人。治平进士，宋哲宗时任著作佐郎。后因修实录不实遭贬。早年以诗文受知于苏轼，与张耒、晁补之、秦观并称"苏门四学士"。与苏轼齐名，世称"苏黄"。其诗风奇硬拗涩，开创江西诗派，在宋代影响很大。亦能词。兼擅长行、草书，为"宋四家"之一。有《山谷集》《山谷琴趣外篇》。

〖诗词格律〗这是一首七言古体诗。古体诗，和近体诗相对，产生较早。每篇句数不拘，有四言、五言、六言、七言、杂言诸体。后世使用五、七言者较多。不求对仗，平仄和用韵也比较自由。

赋水仙花——宋·朱熹

隆冬凋百卉， 江梅厉孤芳。如何蓬艾底，

亦有春风香。 纷敷翠羽帔，温韫白玉相。

黄冠表独立， 淡然水仙装。弱植愧兰荪，

高操摧冰霜。 湘君谢遗褋，汉水羞捐珰。

嗟彼世俗人， 欲火焚衷肠。 徒知慕佳冶，

讵识怀贞刚？ 凄凉《柏舟》誓，恻怆《终风》章。

卓哉有遗烈， 千载不可忘。

【诗词赏析】朱熹是南宋著名的理学家，他在文学上坚守"重道轻文"的观点，其一生竭力主张"去人欲，存天理"的理学思想。这种主张也体现在他的诗作中。朱熹的这首五言古诗即咏花言志，彰扬他的理学观念。

全诗二十句，一韵到底，可分为两大板块。前十二句咏物即水仙花，后八句说理即言其志。

前十二句以三个层次细细勾勒水仙的神韵。头四句"隆冬凋百卉，江梅厉孤芳。如何蓬艾底，亦有春风香"，诗人不直接写水仙的形态风姿，而是运用比兴手法，由直写江梅烘托出水仙。"蓬艾"，指茅屋。在隆冬时节，百花凋萎，却有江梅绽放；茅舍蓬窗下，有春风送来沁人心脾的芳香。

第二个四句"纷敷翠羽帔，温韫白玉相。黄冠表独立，淡然水仙装"，诗人刻意描绘水仙冰清玉洁的形貌，它扎根于清净的卵石中，绿叶青葱欲滴，鳞茎洁白如玉。"黄冠"，指女道士戴的帽子。水仙顶着黄色的花冠，亭亭独立，淡雅清寒，宛如玉面金相的女仙子。

第三个四句则进一步歌咏水仙的高尚情操，"弱植愧兰荪，高操摧冰霜。湘君谢遗褋，汉水羞捐珰"。水仙已然是开在积雪凝寒之时，可它在兰花面前却是那样皎洁谦逊；但它却和梅花一样不畏冰雪摧残。"湘君"句：《楚辞·九歌·湘夫人》："捐余袂兮江中，遗余褋兮澧浦。"是说湘水女神，把自己的贴身衣物赠给爱人。湘君、湘夫人，均是湘水之神。"汉水"句：《神仙传》记载，郑交甫游于汉皋，遇二女解佩珠相赠。"捐珰"，以耳珠赠人。那么水仙呢，它不像湘水的女神，把内衣送给爱人；也不像汉水的女子，轻易地把珠珰馈送他人。这二句是赞美水仙的端庄、矜持。

诗的后八句则是诗人的理学说教了。诗人慨叹世人欲火如焚，只知羡慕佳丽。他告诫世人要以《诗经》中的《柏舟》《终风》中的女主人公为榜样，这样，她们就会像水仙花一样，千载之后都不会被人忘记。当然，诗人朱熹在诗中所宣扬的这种烈妇观早已不为今人所取了。

【作者简介】朱熹（1130—1200）南宋哲学家、教育家。字元晦，一字仲晦，号晦庵，别称紫阳，徽州婺源（今属江西）人。曾任秘阁修撰等职。主张抗金。他在哲学上发展了二程（程颢、程颐）的学说，集理学之大成，建立了一个完整的客观唯心主义的理学体系，世称程朱学派。他的理学成为后来封建地主阶级统治人民的理论工具，在明清两代被提到儒学正宗的地位。他的博览和精密分析的学风对后世学者很有影响。著作有《四书章句集注》《周易本义》《诗集传》《楚辞集注》及后人编纂的《晦庵先生朱文公文集》和《朱子语类》等。

〖**诗词格律**〗这是一首五言古诗。朱熹认为诗是"感于物而动，而发于咨嗟咏叹之余者"，且应与教化有关。因此，他的诗多明理言志，这首《咏水仙花》就是如此。此诗严谨凝密，一气呵成，措辞清婉脱俗，写景与抒情结合在一起，在南宋诗坛上可算是佳作。

玫
瑰

玫瑰——唐·唐彦谦

麝炷腾清燎，鲛纱覆绿蒙。

宫妆临晓日，锦段落东风。

无力春烟里，多愁暮雨中。

不知何事意，深浅两般红。

【花谱】玫瑰别名徘徊花、刺儿玫、梅瑰。蔷薇科，落叶灌木，株高 2 米左右，枝条粗壮且密生刺。花开大如蔷薇，有红、紫红、白等色，芳香浓郁，娇艳。玫瑰品种较多，因其花色秀美，气味芬芳，是形、色、香俱佳的园林观赏花木之一。玫瑰历来为我国人民喜爱，在国外也是一种名花，是保加利亚的国花，那里的人民把外来侵略者比作"偷玫瑰花的人"。

玫瑰可提制芳香油，为高级香料；花和根可入药，有理气活血、收敛作用。

【诗词赏析】诗人在诗中歌咏了玫瑰的艳丽馥郁，自是能给人以美的享受，但全诗更蕴含着几许世事坎坷、变迁的淡淡哀愁。

且让我们细品全诗。

首联"麝炷腾清燎，鲛纱覆绿蒙"，勾勒出薄雾中的玫瑰形象。麝炷，指燃烧着的麝香；鲛纱，指传说中的鲛人所织的绢纱。在春晓的晨雾中，玫瑰散发出浓郁的芬芳，像一炷燃烧着的麝香，袅袅飘曳；那碧绿的枝叶，像是被蒙着一层薄薄的透明的绿纱。雾中赏花，极富含蓄的朦胧美；雾中闻花，熏香岂不更使人飘然欲醉？

颔联"宫妆临晓日，锦段落东风"，将玫瑰比作梳理宫妆的美人。请看，玫瑰对着冉冉升起的朝阳，拾掇着宫中的妆束，华美娇艳极了！当和暖的春风吹拂时，红花绿叶摆动的姿势，如同抖落锦绣的丝缎一般。

颈联"无力春烟里，多愁暮雨中"，出句写玫瑰的娇慵姿态，对句赋玫瑰以多愁善感之情。玫瑰在困人的春光和霭霭烟雾中，那楚楚动人的娇羞姿影，令人联想起白居易《长恨歌》中"侍儿扶起娇无力"的杨贵妃了；当暮色降临时，飘落下丝丝细雨，玫瑰的花瓣上挂满雨水，如同泪珠滴滴，自古红颜多薄命，怎么不叫玫瑰也愁思悠悠呢？

尾联"不知何事意，深浅两般红"，是诗人赋以玫瑰的自伤自叹，还是诗人自己见玫瑰"多愁"而发出的同病相怜的共鸣呢？玫瑰花红，有深有浅，也如同世事有兴有衰，更若人生之有荣有辱，就如同官场上有贵有贱，这里面的区别与悬殊，不是三言两语讲得明白的。有客观的"天意"，也有人为的因素，谁能弄得清其中的"事意"呢？

全诗从不同的角度，以多样的比喻，描绘出了玫瑰的特征，写得形神兼备，栩栩如生，且移情于物，赋玫瑰以人的精神世界，意蕴深沉。

【作者简介】唐彦谦，见前《兰》篇。

〖诗词格律〗这首诗也是用的首句仄起不入韵式写法。中间二联的对仗工整，谓之工对。

奉和李舍人昆季咏玫瑰花寄赠徐侍郎
——唐·卢纶

独鹤寄烟霜，双鸾思晚芳。

旧阴依谢宅，新艳出萧墙。

蝶散摇轻露，莺衔入夕阳。

雨朝胜濯锦，风夜剧焚香。

断日千层艳，孤霞一片光。

密来惊叶少，动处觉枝长。

布影期高赏，留春为远方。

尝闻赠琼玖，叨和愧升堂。

【诗词赏析】唐代大历十大才子之一卢纶，当时诗名远播。此律诗是酬和李氏兄弟咏玫瑰花诗并寄赠另一位友人的诗作。

全诗咏赞玫瑰娇艳繁茂、芳香馥郁之美。首联"独鹤寄烟霜，双鸾思晚芳"，点明玫瑰花极适宜在如画的美景中绽放：一只白鹤在如烟的霞光中步履悠闲，或是一对鸾鸟于黄昏中顾盼生姿。这是两幅优美绝伦的画面，展现了玫瑰生机勃勃的生长环境。

接着，诗人便以浓墨重彩全方位地勾画玫瑰的美艳。"旧阴依谢宅，新艳出萧墙。蝶散摇轻露，莺衔入夕阳。雨朝胜濯锦，风夜剧焚香。断日千层艳，孤霞一片光。密来惊叶少，动处觉枝长。""谢宅"，指贵族家园、豪门大户；"萧墙"，泛指门屏。

诗人简直在描摹一幅幅工笔画：簇簇花团依傍着豪宅，新开的艳枝跃出了门扉；黎明时分，有粉蝶在花间的露珠上轻摇；傍晚，有莺鸟于夕阳中贴地起舞；微雨过后，玫瑰花更加鲜艳，胜过洗净的锦衣；和风习习的夜晚，玫瑰花的幽香好似燃烧着的佛香；它有若丽日的千层艳色，又好似落霞的一片红光；花开静悄悄时让人觉得绿叶不够繁茂，风飕飕时又使人感到枝条太长。啊，这玫瑰花真是枝叶婆娑、娇娆袅娜！

诗人笔锋一转，"布影期高赏，留春为远方"，如此之美景，那是要等待远方的高客来雅赏。"尝闻赠琼玖，叩和愧升堂。"诗人说，李舍人赠我以咏玫瑰花诗，我本应回赠一首好诗，但羞愧的是学问不精深。这是诗人的自谦。细细品味，诗人对玫瑰花的咏赞，已是淋漓尽致了。"升堂"，见《论语·先进》："由（子路）也升堂矣，未入于室也。"用以比喻人在学问或技能方面小有收获。

【作者简介】卢纶（约742—约799）字允言，河中蒲（今山西永济）人。唐代诗人，大历十才子之一。唐玄宗天宝末年举进士，遇乱不第；他一生不得意，仕途极不顺利，只是因为权贵的推荐，才做了很短时期的官。他广泛的交游使他成为一个活跃的社交家，并借此步入仕途。大历六年，经宰相元载举荐，授阌乡尉；后由宰相王缙荐为集贤学士，秘书省校书郎，升监察御史。出为陕州户曹、河南密县令。之后元载、王缙获罪，遭到牵连。唐德宗朝，复为昭应县令，出任河中元帅浑瑊府判官，官至检校户部郎中。不久去世。著有《卢户部诗集》。

〖**诗词格律**〗卢纶的诗，以五七言近体为主，多唱和赠答之作。大历十才子，是指唐代大历年间的十大诗人。据《新唐书·文艺·卢纶传》载："纶与吉中孚、韩翃、钱起、司空曙、苗发、崔峒、耿沣、夏侯审、李端，皆能诗，齐名，号大历十才子。"他们的共同特点是偏重诗歌形式技巧。

卢纶的这首诗属于五言排律诗。排律，是律诗的一种。乃因为就律诗定格加以铺排延长，所以叫排律。每首至少十句，有多至百韵者。除首、末两联外，其余上下句都需对仗。卢纶的这首诗对仗便十分工巧，且声调和谐，极富节奏感，正切合十才子作诗追求的特征。

此诗押下平七阳韵。

红玫瑰—宋·杨万里

非关月季姓名同，不与蔷薇谱牒通。

接叶连枝千万绿，一花两色浅深红。

风流各自胭脂格，雨露何私造化工。

别有国香收不得，诗人熏入水沉中。

【诗词赏析】诗人杨万里写下这首咏玫瑰的诗，构思精巧。

首联"非关月季姓名同，不与蔷薇谱牒通"，这是从侧面表露出玫瑰的特征。诗人在想，玫瑰和月季、蔷薇不同名也不同姓，论家谱更不相通，怎么出落得与月季、蔷薇一样娇美可爱呢！古人也许不懂得玫瑰和月季、蔷薇属于同一类科、属，但也确实看到了它们的相似之处。

颔联"接叶连枝千万绿，一花两色浅深红"，写的是玫瑰的绿叶与红花：叶和叶相接，枝与枝相连，千万片绿叶拥戴着花朵；花色有深红、浅红。诗人在这里突现了玫瑰艳丽形态的外在美感。

而颈联"风流各自胭脂格，雨露何私造化工"，赞美的是玫瑰内质的风韵神采。"造化"，指的是奇妙的大自然。不知造物主为何如此偏心，对玫瑰这样宠爱有加，让它亭亭兀立，鲜艳妩媚，风姿绰约得如同巧施脂粉的少女，煞是可爱。

玫瑰的内外形态和风姿神韵，诗人笔力无遗，而其袭人的芳香更叫人忘不了、"收不得"。怎么个收不得法？诗人将玫瑰香誉为"国香"；而后再形容其香如同燃烧着的沉香，把诗人都熏得醉了。"水沉"，指沉香木，亦称"伽南香""奇南香"，瑞香科常绿乔木，心材为著名的熏香料，根上棕黑色树脂凝结成块，入水即沉下，故又名"水沉"。

【**作者简介**】杨万里，见前《咏重台九心淡紫牡丹》篇。

〖**诗词格律**〗这是一首七言律诗，采用的是平起入韵式，七言八句五韵，押上平声一东韵。中间二联对仗较工。但应该指出的是，颔联的出句和对句中，"接、连"与"一、两"，"千万"与"浅深"，在词性上是不合的，这属于"宽对"，在诗律上也是容许的。何况，我们读来感觉上不但毫不别扭，反而感到对仗灵活，该句体现了诚斋体的"活法"特点。

水 荭

蓼花——唐·郑谷

蒣蒣复悠悠，年年拂漫流。
差池伴黄菊，冷淡过清秋。
晚带鸣虫急，寒藏宿鹭愁。
故溪归不得，凭仗系渔舟。

【花谱】水荭别名红蓼、荭草、东方蓼。蓼科，蓼属，一年生高大草本植物，夏秋开花，花粉红色或白色，在村边路旁和水边湿地常有野生的水荭。现在的人们常将它们栽种在公园、庭院的花坛，或塘边、湖畔，让大家观赏。果实及全草可入药，有清热化痰、活血解毒与明目的功效。

汉朝汉景帝把他的儿子刘发封为长沙定王。定王在长沙城东建一高台遥望母亲的坟墓，在其宫中辟有蓼园。那台子被称为定王台，台还在，只可惜蓼园已无踪影。

【诗词赏析】晚唐诗人郑谷以《鹧鸪》诗出名，他的诗多写景咏物，表现士大夫的闲情逸致。可是，细读这首诗，却感觉不到闲逸之情，反倒叫人品尝出一种无奈的凄苦。

诗人吟咏的是野生的蓼草。蓼是一年生草本植物，比较高大，在乡野路旁和水边湿地丛生。因此，这首诗的首联"蔟蔟复悠悠，年年拂漫流"，是说蓼花一簇一簇地开着，穗状的花序悠悠地垂下，年复一年地在长长的水流中漂动着。这一联写蓼花的整体形象和生存状态。蓼花的这种单调生活，是不是枯燥了一些？

颔联"差池伴黄菊，冷淡过清秋"，命运偏偏就是如此阴差阳错，蓼花的旁边伴生着黄色的菊花，它只得与孤傲的黄菊在一起冷淡地度过凄凄切切的秋天。这一联写的就是蓼花的生存环境：冷淡、凄清。可又有什么法子呢？联系前二句来看，也只能"年年"如此了。

颈联"晚带鸣虫急，寒藏宿鹭愁"，夜晚降临，只听见蓼花里的虫儿鸣叫；寒冬来时，鹭鸶栖息在蓼花丛里，更使蓼花感到愁苦。这一联进一步写蓼花受到外来因素的感染而显露出哀愁之状，也就是所谓"内急外忧"吧。蓼花内寄生着蓼虫，这种虫"在蓼则生，在芥则死"（《太平御览》）"群聚其间，食之以生"（汉代孔臧《蓼虫赋》），以吸食花的营养为生。

尾联"故溪归不得，凭仗系渔舟"，诗人在这里一再以花拟人，悟物托事，仿佛蓼花真有"故溪"（家乡的小溪）而不得回归，只能凭借渔舟浪迹江湖了。这就要联系诗人当时的处境与生活的环境来看了。诗人本是江西人，当时寓居长安为官，可官场上他并不得意。晚年更想弃官归隐故土，他曾在《中年》一诗中写道，"苔色满墙寻故第，雨声一夜忆春田"，吐露了他欲归故乡的思想感情。于是，诗人在这首诗中，借蓼花倾吐自己哀怨欲归的心声。

全诗的情调借蓼花的固有特征表现了苦辣辛酸。蓼草其味辛辣，当年越王勾践"苦身劳心，夜以接日，目卧则攻之以蓼"，这首诗托物言志，蓼花正好是诗人自身的象征。

【作者简介】郑谷（851？—910？）字守愚，袁州宜春（今江西宜春）

人。官至都官郎中，以《鹧鸪》诗得名，时称"郑鹧鸪"， 其诗风格清新通俗，存诗集《云台编》。

〖**诗词格律**〗这是一首仄起入韵式的五律。中间二联宽对。全诗多用叠词，如"蔟蔟""悠悠""年年"，使得诗句声调和谐，朗朗上口，独具音律之美。押下平声十一尤韵。

海棠

海棠——唐·郑谷

春风用意匀颜色，　销得携觞与赋诗。

秾丽最宜新著雨，　娇饶全在欲开时。

莫愁粉黛临窗懒，　梁广丹青点笔迟。

朝醉暮吟看不足，　羡他蝴蝶宿深枝。

【花谱】海棠花别名梨花海棠、海红。蔷薇科，苹果属。落叶小乔木，全株高5～8米。春季开花，花未开时深红色，开后变成淡红色，花瓣直径有4～5厘米；花期4～5个月；果实在8～10月成熟。

海棠开花时令人陶醉。它花朵虽小，但花团锦簇，英姿焕发。大诗人陆游极爱海棠，曾写诗赞叹："蜀地名花擅古今，一枝气可压千林"；"若使海棠根可移，扬州芍药应羞死"。他观赏海棠至深夜而不归——"贪看不辞持夜烛，倚狂直欲擅春风"，真是痴爱至极。

四川的海棠在古时为盛，可唐代的杜甫居蜀中那么多年，却从不写诗吟咏海棠，乃因其母的名字叫海棠。

【诗词赏析】海棠花在花卉中算是以娇美著称，春风也似乎对海棠花情有独钟，特别喜爱，别出心裁地精心为海棠染点颜色，着力打扮它。以至于诗人郑谷要携带酒具来为之赋诗。这就是首联"春风用意匀颜色，销得携觞与赋诗"所描绘的画面，将海棠"占春颜色最风流"的特征和诗人喜爱海棠的深情淋漓尽致地表现出来了。

海棠经过一番春雨的洗涤，尘垢尽除，那一片片花瓣缀满了水珠，显得愈加靓丽鲜妍，更加容光焕发。诗人感受到了海棠之美的极致。这就是颔联"秾丽最宜新著雨，娇饶全在欲开时"所描绘的景象。

颈联"莫愁粉黛临窗懒，梁广丹青点笔迟"则从侧面对海棠进行烘托。那美丽的莫愁姑娘因陶醉于海棠无心打扮，著名的花鸟画家梁广为海棠着迷忘了着墨，唯恐描画不出海棠的勃勃英姿。这两个巧妙的典故，也就是让美女和画家衬托出海棠的美。

朝醉暮吟，从早到晚也没有看够，甚至对蝴蝶能在海棠花枝深处宿眠而产生了艳羡之情！尾联"朝醉暮吟看不足，羡他蝴蝶宿深枝"，表现了诗人之痴和海棠之美，到了无以复加的地步，更表现出诗人对美的事物之热爱和追求，情景交融，人花默契，诗人爱花惜花的感慨消融在优雅风流的情致之中。

【作者简介】郑谷，见前《蓼花》篇。

〖**诗词格律**〗这是一首七言律诗。采用的是首句平起不入韵式。中间二联对仗工整。全诗读来令人心驰神往，由对海棠花的怜爱滋生出积极健康的审美情趣。全诗押上平声四支韵。

海棠—宋·苏轼

东风袅袅泛崇光，

香雾空蒙月转廊。

只恐夜深花睡去，

故烧高烛照红妆。

宋神宗元丰（1078）初年，苏轼被贬官到黄州。每当夜深人静之时，他总有一种茕茕孑立、形影相吊的孤独之感，更有一种幽愤之情涌上心头。

不愧是大诗人，苏轼出手不凡，他将海棠比作了千娇百媚的杨贵妃。当他见到幽居独处的海棠，产生了自己也横遭贬谪命运的共鸣，从而发出深沉的感慨。

前二句"东风袅袅泛崇光，香雾空蒙月转廊"，诗人笔下是一片变幻迷离的境界。袅袅，形容微风吹拂；泛，浮动的意思；月转廊，是说月光射进了回廊。春风吹拂，枝头淡红色的海棠花上有光影浮动，明月转射进了回廊，有阵阵的花香伴随着朦胧的薄雾，在四周弥漫。有光，有味，有色，海棠就傲然挺立在这样一个空蒙的处境之中。

诗人由花及己，心底萌生出与海棠花相依为命的情绪。后二句"只恐夜深花睡去，故烧高烛照红妆"，夜深了，只怕海棠花也要去睡了吧，于是，他手持高高的蜡炬，照着海棠花，想把它唤醒来，陪着自己共度这美妙的夜晚。这种爱花之情，是深沉而又浓郁的，比起陆游"为爱名花抵死狂，只愁风日损红芳"的那种狂放热烈，则更为含蓄。

"只恐夜深花睡去"，此中有一段故事。《杨太真外传》写唐明皇登沉香亭，想要召见杨贵妃，而此时杨贵妃醉酒未醒。高力士和侍女把她扶来时，她醉颜鬓乱，唐明皇笑道："岂是妃子醉耶？海棠春睡未足耳。"诗人用这个典故，叫人顿生亲切之感。诗人唯恐海棠花在深夜睡去，"故烧高烛照红妆"。诗人贬谪黄州，形单影只，要是这株海棠也在此时睡去，那形单影只的凄苦不是更令人难受吗。所以，诗人对海棠产生了一种"同病相怜"之感，于此，"故烧高烛"，这可能也是诗人一种对处境的抗争，力求改变自己长夜漫漫的命运吧。

全诗以东风、香雾、月光、红烛，给我们描绘出了想象奇特、构思巧妙的素雅恬美的诗境。

【作者简介】苏轼（1037—1101）北宋文学家、书画家。字子瞻，号东坡居士，眉山（今属四川）人。苏洵的儿子，曾官任祠部员外郎，因反对王安石新法而求外职，后以作诗"谤讪朝廷"罪贬谪黄州。后又官至礼部尚书，最后病死常州。与父洵、弟辙，合称"三苏"。以其文汪洋恣肆，明白畅达，为"唐宋八大家"之一。其诗清新豪健，善用夸张比喻，在艺术表现上独具风格。词开豪放一派，对后代很有影响。诗文有《东坡七集》等。

〖诗词格律〗这是一首七言绝句。采用的是平起入韵式，四句二韵。押下平声七阳韵。全诗在构思上想象奇特而巧妙。虽然用了典故，但仍明白如话，情真意切，短短四句诗，显现出大诗家的风采。

如梦令·海棠——宋·李清照

昨夜雨疏风骤，浓睡不消残酒。试问卷帘人，却道海棠依旧。知否？知否？应是绿肥红瘦。

【诗词赏析】这首小令堪称咏花之绝调，写的是女词人的闺中生活。通过女主人与侍女的对答事，表达了她对昨夜风雨中的海棠花之关切的情怀。整个小令读来自然流畅，其构思新颖别致，锤字炼句极见功力。丰富细腻的情感，优美动人的意境，给人以美好的享受。

请看词中女主人与侍女的一番对话。"试问卷帘人"，这"卷帘人"指的就是侍女。可紧接着就是"却道海棠依旧"，这分明是答语，此中便省掉了问语，那么，问语一定是这样："经过一夜风雨的海棠怎么样了？"细细品味，体会得出，问得很多情。可答得却非常淡漠："还好还好，经历了一夜的风雨，海棠还是海棠。"女主人对这种淡漠自是很不满意，她从花残红褪，想到了青春不再，生命难保长久的无限惋惜，于是长叹一声，脱口而出："你知不知道？你知不知道？应是绿肥红瘦呀！"红瘦指红花凋零；绿肥，指绿叶扶疏。而不是什么"海棠依旧"！轻柔而含蓄的一驳，让侍女无话可说了。"应是绿肥红瘦"，女主人对春光的痛惜，体现出词人对在无限时空下人生的倏忽和年华难再的悲悯情怀，更蕴含着诗人纯洁、高雅的情趣。易安居士为花悲忧，连带着还憎恨起风雨，也只有经受过时代的不幸和自身磨难的女词人，哪怕居于深闺，才能有此无限凄婉的体验。

【作者简介】李清照，见前《多丽·咏白菊》篇。

〖**诗词格律**〗此小调为五代时后唐庄宗李存勖创作，原名《忆仙姿》，因词中有"如梦，如梦，和泪出门相送"，就改为《如梦令》。三十三字，七句，五仄韵，一叠韵。

此词又名《宴桃源》《不见》《比梅》《古记》《如意令》《无梦令》等。

具体到李清照的这首词，在用韵上，依律上声、去声可以互押，因此，像"骤""酒""旧""否""瘦"，抑扬间隔，读起来音调跌宕和谐。

"绿肥红瘦"一语特别新颖，形象逼真，色泽对比，从来没有别人用过。"知否知否"，如同口语，巧夺天工，浑然天成。

《如梦令》词谱（单调 33 字，五仄韵）：

Ⓧ仄Ⓧ平平仄，Ⓧ仄Ⓧ平平仄。Ⓧ仄仄平平，Ⓧ仄Ⓧ平平仄。平仄，平仄（叠句）。Ⓧ仄Ⓧ平平仄。

（有圆圈者表示平仄均可。短横线表示韵脚。）

诉衷情·海棠枝缀一重重—宋·晏殊

海棠枝缀一重重，清晓近帘栊。

胭脂谁与匀淡。偏向脸边浓。

看叶嫩，惜花红，意无穷。如花似叶，

岁岁年年，共占春风。

【诗词赏析】这首词的作者晏殊是北宋词坛上的重要词人，范仲淹、韩琦、欧阳修等都出自他的门下。晏殊一生富贵优游，仕途顺利。晏殊居官之余，生活悠闲自得。

他写的这首《诉衷情》词，勾画了一位闺中少妇，闲玩在簇簇海棠花中，陡增人生的感慨。上片起二句"海棠枝缀一重重，清晓近帘栊"，说的是看花人在清晨起床后，来到窗前，只见团团簇簇的海棠花开了。这位少妇起床后不去梳妆盥洗，反而慢悠悠走近窗口凝视花丛，敢莫是心中有事？

紧接着下二句："胭脂谁与匀淡。偏向脸边浓。"果然少妇心事满怀，"把君心语凭花传"，看花人先是问花，海棠花绽放得如此美丽，是谁把胭脂给它染上去的呢？海棠花自然没有作答。那看花人自己却妆扮欠佳，脸面脂粉不匀，心中顿生出缕缕烦怨之情。此情境有若《诗经·卫风·伯兮》所言："自伯之东，首如飞蓬。岂无膏沐？谁适为容？"

下片换头三句写看花人目睹的景象："看叶嫩，惜花红，意无穷。"她见到了海棠叶子肥硕娇嫩，郁郁葱葱；花朵红艳，勃勃绽放，此时真叫人思绪如潮，无穷无尽。她到底想到了些什么，诗人没写，也写不出来，因为是"意无穷"。

虽然说不出具体想什么，但心中的感慨却是良多。后三句"如花似叶，岁岁年年，共占春风"，这倒是看花人心里的企盼。她希望人生就像海棠花一样，如叶长青，如花红艳，年年岁岁，都在春风里生机妖娆。这种对青春的无限企求，对生命的无穷热爱，不也是诗人自身的追恋吗？因为当时北宋初年，一股享乐哲学正充满朝廷上下内外，整个官场沉浸于歌酒风月的欢娱，肆意恣情地及时行乐。据史书记载，赵匡胤在解除石守信的兵权时对他说道："人生驹过隙尔，不如多积金、市田宅以遗子孙，歌儿舞女以终天年。"上皇如此，下则更盛。北宋官僚们的生活便终日是偎红倚翠、狎妓放浪了。晏殊生逢于斯，当然不会例外了。

晏殊之词极少用典，语言浅明如话。后世王国维在《人间词话》中说："美成（周邦彦）词多作态，故不是大家气象，若同叔（晏殊）、永叔（欧阳修），虽不作态，而一笑百媚生矣。"晏殊的这首小令，正有"一笑百媚生"之风姿。

【作者简介】晏殊（991—1055）字同叔，抚州临川（今属江西）人。按其死后谥号，人称晏元献。少以神童赐同进士出身，后官至同中书门下平章事兼枢密使。作词擅长小令，多表现歌酒风月、闲情逸致，但笔调深蕴清雅，语言婉丽，音律谐适，乃北宋词坛上领先人物。其词作《浣溪沙》中有"无可奈何花落去，似曾相识燕归来"之句，被历代传诵。有《珠玉词》。

〖诗词格律〗《诉衷情》乃平韵格小令词，唐教坊曲名。本为情词，以后作一般抒情用。后人曾更名《桃花水》《画楼空》《步花间》《偶相逢》《试周郎》等。单调，三十三字。五仄韵，六平韵。

另有《诉衷情》，四十四字，上片四句三平韵，下片六句三平韵。晏殊的这首词即是。《诉衷情》词谱（双调44字）：

㊀平⊗仄仄平平，⊗仄仄平平。㊀平⊗仄仄仄，⊗仄仄平㊀。

平仄仄，仄平平，仄平平。⊗平平仄，⊗仄平平，⊗仄平㊀。

（有圆圈者表示平仄均可。短横线表示韵脚。）

菩萨蛮·海棠乱发皆临水——宋·王安石

海棠乱发皆临水，君知此处花何似。

凉月白纷纷，香风隔岸闻。

啭枝黄鸟近，隔岸声相应。

随意坐莓苔，飘零酒一杯。

【诗词赏析】王安石是北宋一位杰出的政治家，他嘉祐三年（1058年）上"万言书"主张改革政治，推行新法，但神宗去世以后，新法被全部废除。王安石内心十分痛苦，被迫于熙宁九年（1076年）辞去相位，退居到金陵半山堂闲居。但他仍心系朝廷，关心变法。这首词正作于此时，表现了词人彷徨、苦闷的孤独心境。

上片起二句"海棠乱发皆临水，君知此处花何似"，写的是词人面对临水绽放的海棠花，自问此花与什么相似。然而，我们倒要问，海棠花开，作者为何说是"乱"发？此中有"物"与"情"的两层意思。物，当指海棠花。海棠花开无序，怒放于水边，簇簇团团，然而却是生机勃勃，竞相争妍，当然是"乱"了。情，当指词人自己的心境。此时的王安石晚年罢相，在金陵城外的钟山之麓卜筑隐居。他在推行变法中屡遭毁谤，他也厌倦政治旋涡中的角逐，转而沉迷于佛学，觉得往事如梦如烟，平淡中亦感烦乱。绽放的海棠和他的心情一样，自然也是"乱"的了。

上片后二句"凉月白纷纷，香风隔岸闻"，是对海棠花的描摹。原来，海棠花是开在对岸，一水相隔，隔岸的海棠花在苍茫清凉的月色下，白纷纷一片；阵阵夜风吹过，送来海棠花的缕缕幽香。既是隔岸远眺，那淡红色的海棠花自然是"白纷纷"的了。

下片前二句"啭枝黄鸟近，隔岸声相应"，仍是写海棠花的可爱。有小黄鸟在青枝绿叶间婉转鸣唱，一声声从对岸传来，却又被风再吹过对岸，正如古人所说的"声相应""气相通"。

这种大自然的和谐便带引出词人抒写的后二句："随意坐莓苔，飘零酒一杯。"词人"随意"憩坐在布满青苔的路边，于"飘零"的心境中，也同样"随意"地自斟自饮。应该说，词人王安石此时并不见得已然把世事看破。他原先积极推行新法，后来又被迫退居江宁，可他进步的政治理想与高尚的情操却始终未变。他晚年还曾作有诗云："纵被春风吹作雪，绝胜南陌碾成尘。""纵被""绝胜"，其语气坚决悲壮，为坚持自己的理想而献身，曾是王安石一贯宗旨。与屈原"九死未悔"的精神极为相似。他曾眼看着自己亲手制定的新法被一一废止，他表面虽平淡，而内心却是痛楚的，于淡泊出世中寓藏悲壮，才正是王安石此时的真实心境：世情"乱"，而其心内是不服的。

【作者简介】王安石（1021—1086），北宋政治家、文学家、思想家。字介甫，晚年号半山，抚州临川（今江西抚州）人。庆历二年举进士。仁宗时提出变法主张，至神宗时施行新法。他积极推行青苗、均输、市易、免役、农田水利等新法，但由于保守派固执反对而受阻。后退居江宁，封荆国公，世称荆公。卒谥文。其文雄健峭拔，为"唐宋八大家"之一。其诗遒劲清新，其词风格高峻，现存有《临川集》。

〔诗词格律〕《菩萨蛮》本系唐教坊曲名。菩萨蛮原是女弟子舞队名。据唐苏鹗《杜阳杂编》云："大中（唐宣宗年号）初，女蛮国入贡，危髻金冠，缨络被体，号'菩萨蛮'队。当时倡优遂制《菩萨蛮》曲，文士亦往往声其词。"这就是词牌名的由来。

《菩萨蛮》四十四字，上下片各四句，均两仄韵转平韵。《词谱》定李白词为正体。

《菩萨蛮》词谱（双调 44 字）：

⊕平⊗仄平平仄（仄韵），⊕平⊗仄平平仄（协）。⊗仄仄平平（换平韵），⊗平平仄平（协）。

⊕平平仄仄（三换仄韵），⊗仄平平仄（协）。⊗仄仄平平（四换平韵），⊗平平仄平（协）。（有圆圈者表示平仄均可。短横线表示韵脚。）

夏中崔中丞宅见海红摇落一花独开
——唐·刘长卿

何事一花残？闲庭百草阑。

绿滋经雨发，红艳隔林看。

竟日余香在，过时独秀难。

共怜芳意晚，秋露未须沾。

【花谱】海红即西府海棠。蔷薇科，苹果属。落叶灌木或小乔木。叶椭圆形或矩圆形，叶柄细长，2～3.5厘米。伞形总状花序，每4～7朵生于小枝顶端；花开粉红色，直径约4厘米，重瓣。果为红色球形，每年3～4月开花。

西府海棠在海棠花类中很独特，它花红、叶绿、果美，因其形态美观，适宜栽培在水滨或庭院一隅，鲜花怒放时蔚为壮观。

【诗词赏析】我们看看这首诗，是只写花呢，还是有别的寓意？

首联"何事一花残？闲庭百草阑"。残，作剩余解；阑，作尽解。这一联是写在幽静的庭院里，百花将尽，可为什么那一枝海红却还能兀自开放呢？真是一枝独秀啊。首联便直切题意了。

颔联"绿滋经雨发，红艳隔林看"，是写海红花在一场雨后的艳丽姿容，强调的还是它的"一花独秀"：隔着一层林木，只见海红花绿叶扶疏，雨后更加碧绿，花色更红艳。

然后，诗人借颈联和尾联抒发出了内心的感慨：在悠长的夏日中，葆有幽幽芳香。何况过了开花的季节，还要顽强地在此独自挺立，真是不容易啊！诗人在心底里赞叹：要想"一枝独开"，就得具有顽强的勇往直前的精神，就得和各种困难拼搏，经了风雨，见了世面，才能傲然挺立。诗人被海红花的坚毅意志所感动，对它顿生怜爱之情，从心底里发出呐喊：无情的秋露呀，切莫再对海红花穷追不舍，摧残这被人们喜爱的花朵了。洈（tuán），形容露水之多。《诗经·郑风》："野有蔓草，零露洈兮。"

诗人明里写花，实际是在借花表达对人生的一种感慨：生存是艰难的，要"一枝独开"则更是不易。时世艰难啊！联系诗人自身的遭遇，更能明白此诗的内蕴。刘长卿才情冠世，却一生两遭迁斥，有一肚皮不合时宜和一种与流俗落落寡合的秉性，这首诗便隐隐蕴含着他凄清冷寂的情怀和对宦途坎坷的深沉慨叹。

【作者简介】刘长卿（？—约789）字文房，排行八，河间（今属河北）人。天宝进士，曾任长洲县尉，因事下狱，两遭贬谪，官终随州刺史。他的诗多写政治失意之感，善于描绘自然景物。长于五言，称为"五言长城"。有《刘随州诗集》。

〖诗词格律〗刘长卿的这一首五律正表现了他作诗的长处。此诗的中间二联对仗极为工整。押上平声十四寒韵。形容词对形容词（颜色、景象、动作、时令），副词对副词，都无可挑剔。平仄、声韵也很严谨。怪不得明陆时雍《诗境总论》说"刘长卿体物情深，工于铸意"，倒是很中肯的评价。

蜀
葵

蜀葵咏—唐 · 陈陶

绿衣宛地红倡倡，　熏风似舞诸女郎。

南邻荡子妇无赖，　锦机春夜成文章。

【花谱】蜀葵，锦葵科。一年生草本，植株高大，可达 2 米多，所以又名一丈红。叶互生，有粗齿，两面俱生长硬毛。蜀葵夏季开花，自下向上顺次开花，至末梢便成长穗状，花冠红、紫、黄或白色，花大而色浓，花直径 12 厘米。

蜀葵原产于中国和日本，花期较长，花大叶美，栽培后供观赏。其根和花有清热与解毒的作用。

【诗词赏析】唐末诗人陈陶，有"可怜无定河边骨，犹是春闺梦里人"的名句传世，而这首吟咏蜀葵的诗，它蕴含的主旨与《陇西行》相

似，反映了唐末乱世的动荡不安给许多家庭带来的离别和不幸。只是它的艺术表现手法显得间接而曲折。

"绿衣宛地红倡倡，熏风似舞诸女郎"，宛，屈曲之意；倡同"灿"，形容花色很鲜艳。蜀葵，如同许多美丽的女郎，身着宛曲垂地的红绿舞衣，在熏风中婀娜起舞。诗人将绿叶红花比作绿衣、红飘带，将株株蜀葵比作翩翩起舞的女郎。

"南邻荡子妇无赖，锦机春夜成文章"，荡子，指游子、征人；赖，依托。这三、四句诗不但承接前二句比喻的含意，更作出引申、发挥：那女郎身上的红绿舞衣，是南郊游子的妻子，在精神毫无寄托之中，于春夜里对机编织出来的锦缎所做成，而那锦缎又化成一篇篇饱含思念之情的锦绣文章。

全诗用两个比喻的意象构成：蜀葵如女郎，为前一个比喻；女郎身上的锦缎，是游子妇所织，这是后一个比喻。两个比喻，都十分自然贴切。绿叶、红花，宛若绿衣、飘带，非常自然。而蜀葵的叶片，可以研成汁，再用布揩抹在竹纸上，稍干后用石压平，就成了葵笺。唐代的一个名叫许远的人，就曾经制成葵笺分赠给白居易，元稹，彼此作诗唱和。这种葵笺纸，色绿而光滑，入墨光彩照人。因此，将葵笺比作锦绣文章，是很贴切的。

第二个比喻中包含苏蕙织锦为文的典故。《晋书·窦滔妻苏氏传》："窦滔妻苏氏，始平人也。名蕙，字若兰，善属文。滔，苻坚时为秦州刺史，被徙流沙。苏氏思之，织锦为回文旋图诗以赠滔。宛转循环以读之，词甚凄婉。"联系此典，诗中那"荡子妇"之深沉哀怨、凄清之情，便曲折而动人地表现出来了。

全诗明为写蜀葵，初读似乎还能感到一种载歌载舞的欢乐情绪，再细细品味，那诗中的"女郎"便成了"春闺梦里人"，这种以"乐"来表"哀"的艺术手法确实巧妙得很。

【作者简介】陈陶（约 812—885 前），唐代诗人。字嵩伯，曾游学长安，后隐居南昌西山。后人辑有《陈嵩伯诗集》一卷。

〖诗词格律〗绝句，诗体名，也称截句、断句、绝诗。每首仅有四句，

通常有五言绝句、七言绝句，简称五绝、七绝。到唐代形成的律诗和绝诗，称为近体诗，这是与古体诗相对而言。五绝、七绝，平仄和押韵都有一定。

　　这首七绝采用的是平起入韵式：平平仄仄仄平平，仄仄平平仄仄平。仄仄平平平仄仄，平平仄仄仄平平。四句三韵。押下平声七阳韵。

菩萨蛮·蜀葵—宋·晏殊

秋花最是黄葵好，天然嫩态迎春早。

染得道家衣，淡妆梳洗时。

晓来清露滴，一一金杯侧。插向绿云鬟，便随王母仙。

【诗词赏析】晏殊在北宋词坛上占有重要地位。这首小令感受细腻，笔调清婉，有着词人自身独特的情趣。起二句"秋花最是黄葵好，天然嫩态迎春早"，明白如话的语言，赞美"黄葵"是秋花里最好的。怎么个好法？词人说它是最早迎接春天的花儿，鲜嫩娇娆。这种赞美直白而贴切，正是词人自身独特感受。

三、四句"染得道家衣，淡妆梳洗时"，是形象的比喻和联想。体高近两米、一身金黄色的蜀葵，如同身着黄色道服、淡妆梳洗的道姑，亭亭玉立，身姿绰约。

下片前二句"晓来清露滴，一一金杯侧"，写的是于萧萧秋夜里，晶莹的露珠从一盅盅倾斜的金杯（花瓣）里滴落下来。这景象是何等清幽、静美！"插向绿云鬟，便随王母仙。"词人又仿佛看到有位"绿云鬟"的美女，纤手摘下黄葵，插在衣发间，欢欢喜喜地随同西天王母娘娘步入了仙界。黄葵一登仙界，便身价倍增了。

一阕短短的小令，以细致的笔触，描摹细小的事物和景象，却传达出了词人细腻的感情与细微的意蕴，这就是词坛方家的大手笔。

【作者简介】晏殊，见前《诉衷情·海棠枝缀一重重》篇。

〖诗词格律〗《菩萨蛮》四十四字，上下片各四句，均两仄韵转平韵。

《菩萨蛮》词谱（双调44字）：

平平仄仄平平仄（仄韵），平平仄仄平平仄（协）。仄仄仄平平（换平韵），仄平平仄平（协）。

平平平仄仄（三换仄韵），仄仄平平仄（协）。仄仄仄平平（四换平韵），仄平平仄平（协）。

（有圆圈者表示平仄均可。短横线表示韵脚。）

石楠

石楠树——唐·权德舆

石楠红叶透帘春，忆得妆成下锦茵。

试折一枝含万恨，分明说向梦中人。

【花谱】石楠别名千年红、端正木，可高达十数米，四季常青，为园林中重要的观赏树木。它凌冬不凋，春末夏初开花，花白色。旧时，人们亦常把它与松柏等同，作为万古长青的象征，常种植在坟头墓道，借以表示对亡者的永恒纪念。其木可供制作小工艺品，叶可入药。

【诗词赏析】这是一首以写石楠树寄托哀思的悼亡诗。

从全诗来看，石楠树植于诗人的庭院，因此，开始一句为"石楠红叶透帘春"。石楠树挺立于庭院内，枝繁叶茂，新叶嫩红，树梢茂密地开着红红花朵。石楠树春天开花，姹紫嫣红，它使盎然的春意、勃勃的生机穿过窗帘，引得诗人步出书斋，来到院中。

第二句"忆得妆成下锦茵"，由石楠树忆起了谁？值得我们推敲。是谁"妆成下锦茵"？难道是石楠吗？不是。眼前的石楠已经是花团锦簇"妆成"了，根本用不着诗人再"忆"一番了。那么，谁的"妆成"能与现在鲜艳可爱的石楠相比呢？那只有诗人悼念的对象了，也就是诗人死去了的妻子。诗人的妻子曾经淡妆浓抹地来到庭院，"下"到绿茵茵的草地上憩息。没有这一层含有感伤的"忆得"，下句的"恨"与"梦中人"便会显得突兀，全诗的情调、氛围就不会融洽。

因为有了第二句"忆得"的铺垫，诗人悲从中来，"试折一枝含万恨，分明说向梦中人"，诗人折下一根石楠枝条，用以祭奠亡故的妻子。手中的枝条勾起诗人心中积郁的万般遗恨。是诗人痛恨缠身的病魔夺去了妻子的青春与生命？还是更恨命运的坎坷，使诗人中年丧偶，使儿女幼年丧母？还是恨石楠树依旧年年枝繁叶茂，而妻子却与他阴阳两隔、音容渺茫？此恨绵绵无人可诉，只能"说向梦中人"了！

这首诗艺术上的特点，平实而含蓄，诗人悼亡的哀伤之情，偏偏在生机勃勃的春景之中，真令人别是一番滋味在心头了。

【作者简介】权德舆（759—818）唐代天水略阳（今甘肃天水东北）人，由谏官累升至礼部尚书、同平章事，遗著有《权文公集》。

〖诗词格律〗前面说了七绝诗，平仄和押韵都有一定，从这首就可以看出来。首句平起入韵：平平仄仄仄平平／仄仄平平仄仄平／仄仄平平平仄仄／平平仄仄仄平平。而平仄的要求是所谓"一三五不论，二四六分明"，就是说七言诗句第一、三、五字的平仄可以不拘，第二、四、六字必须依照格式，平仄相间，不能变动，由此类推，五言诗句则为一、三不论，二、四分明。

押韵，也称"压韵"，指作诗所押的韵或所依据的韵书。诗歌押韵既便于吟诵和记忆，又使作品具有节奏、声调的美。唐初规定相近的韵可以通用，共约107个韵部，称为平水韵。但是，"平水韵"沿用至今，已七百余年，远远脱离语言实际，早已不适宜再作为诗歌用韵的依据了。五四运动以后，国内诸多音韵学家归纳现代汉语，编写为十八个韵部。写作或鉴赏旧体诗必先辨平仄，这当代的十八个韵部中，分平仄两大类，

我们初学者要具有平仄的初步概念。

　　唐人的近体诗押韵要求严格，不论绝句、律诗，都必须用平韵，还要一韵到底。而古体诗押韵较宽，可转韵，或邻韵通押；可押平声韵，也可押仄声韵。

芦花

芦花—唐·雍裕之

夹岸复连沙，枝枝摇浪花。

月明浑似雪，无处认渔家。

【花谱】芦花，又名芦苇、葭，多年生草本。芦苇通常生在池沼、河旁、湖边。芦苇最早出现在《诗经·秦风》中："蒹葭苍苍，白露为霜。"芦苇夏秋开花，圆锥形花序，长 10～40 厘米。它是一种保土固堤的作物。秆可作造纸和人造丝的原料。花絮可做枕头；芦根则可入药。

【诗词赏析】这首小诗，吟咏的是江河岸边的芦花。芦苇在春夏以大片而形成的芦苇荡，有如浩浩的青纱帐，一到深秋开花季节，又是白茫茫一片，连天接水。

诗人漫步河滩，沉醉在辽阔、高远的大自然之中，尤其是在明月朗朗的水天之下中。看，诗的前二句是"夹岸复连沙，枝枝摇浪花"，将人们带进了一个令人心旷神怡的明丽画面之中。但见：大河两岸尽是二三米高的芦苇，芦花已然盛开，芦花与沙滩连在一起，果真是一片白茫茫的世界；仲秋之夜，柔润的清风徐徐吹来，芦花也如同微微起伏的波浪，悠缓无声地推荡开来。一个"摇"字，使得诗中能无风见浪，芦花因浪的颤动而起伏，水波与芦花同步相摇。"摇"出了诗人闲逸的情趣和悠然舒畅的心态：诗人眼中的秋夜，没有肃杀清冷的苍凉，只有浩荡清流的绚丽；没有风寒波冷、落叶萧萧的惆怅，只有天高水远、芦花白茫茫的恬适。

后二句"月明浑似雪，无处认渔家"，诗人伫立芦苇沙滩之中，抬首仰望澄碧的夜空，再目及远近的白芦，但见晶莹的月光简直有若皑皑白雪，挥洒在水天上下，笼罩着悠悠沙滩和茫茫芦花。此刻，诗人步出窒隘的书斋，脱离喧嚣的世俗，置身在如此洁白、纯洁的境界中，使羁绊的心灵得到了解放，世俗的尘埃被涤荡尽净，官场里虚伪逢迎的烦恼也被搁置在九霄云外。也许在那一瞬间，诗人渴望在这洁净的世界里，寻觅到一叶渔舟，和渔家老小共同品尝几盅家酿，一起打捞几网鱼虾，一块儿唱几阕渔歌，那该是何等惬意、何等畅快呀！

可是，两岸一人多高的芦苇荡迤逦起伏，浩渺如雪的月光皎洁耀眼，迷乱了诗人的思绪和视野，哪里还能辨认得出渔舟的踪迹！渔家呀，你是在芦花的深处甜甜地憩息呢，还是在月光的清辉下静静地捕捞呢？诗人沉溺在秋夜的芦花荡里，遐思悠远，情难自抑地随口吟咏出了这首《芦花》小诗。

这首小诗没有刻意地去描摹芦花的本身，而是侧重在渲染、烘托芦花置身的周边世界，营构出宁静悠远的心理环境，给读者以广阔的联想境地，使诗意蕴含隽远，耐人寻味。

【作者简介】雍裕之，生卒年不详，贞元后诗人，成都人，数举进士不第而飘零四方。《全唐诗》存诗一卷，以《农家望晴》诗传诵于后世："尝闻秦地西风雨，为问西风早晚回。白发老农如鹤立，麦场高处

望云开。"此诗表达了诗人对穷苦农民的同情与赞美。

〖诗词格律〗这是一首五言绝句，简称五绝，这首诗是仄起入韵式，即：仄仄仄平平／平平仄仄平／平平平仄仄／仄仄仄平平。所谓仄起入韵，即首句第二字为仄声。依据一、三不论，二、四分明的平仄格式，这首诗是很合乎要求的。

樱桃

樱桃树——唐·韦庄

记得初开雪满枝，和蜂和蝶带花移。

而今花落游蜂去，空作主人惆怅诗。

【花谱】 樱桃，别名莺桃、中国樱桃、含桃，为落叶灌木或小乔木，树干可高达 8 米。花先叶放，花开后花冠白色或浅红色，结的果实小而美，圆球形，鲜红色，甜中带酸，很受老幼喜爱。

古人常用"樱桃小口"形容美人的嘴。

【诗词赏析】 诗人眼前的樱桃树，不是繁花满枝，而是已经叶落花谢了。但是，他记取了樱桃树的过去，因此，起句"记得初开雪满枝"，展现了一幅昔日的繁华图景：那时，春风轻拂，樱桃树盛开着晶莹的花朵，如同密密的枝条上盖满了耀眼的香雪，春风轻拂，积雪正逐渐消融。

由于花开香艳，便招引来许多蜜蜂和蝴蝶，而且，"和蜂和蝶带花移"，即是说，谁如果折下一束花枝走开，蜂、蝶也会随着花的移动而追去，可见樱桃花的花色是何等艳丽！花香是何等浓郁！

前二句是回忆，美好的忆念却映衬着眼前的凄凉。第三句"而今花落游蜂去"，就是写眼前的樱桃花谢了，游蜂不见了，彩蝶也消失了。首句的"记得"与这第三句的"如今"，是今与昔的时空跳跃、场景的变换，对比感十分鲜明强烈。樱桃还是这株樱桃，可景象之冷热反差却是如此悬殊！凄凉的樱桃树下，却只伫立着心中充满感伤的主人，空空地写出惆怅的诗章，诗人便以"空作主人惆怅诗"作结。

应该指出的是，小小的樱桃树，正是诗人韦庄的家世、身世之写照。韦庄出身于豪门贵族家庭，是武后时的宰相韦待价的后代，是中唐诗人韦应物四世孙。可以说，其先祖曾经确实显赫一时、繁荣鼎盛。然而到了韦庄时，其家族已经衰落，门庭冷寂，车马稀少。韦庄到处求官觅食，可遭遇的只有白眼与讥讽。诗人从公元 883 年（唐僖宗中和三年）流落江南起，直到公元 894 年（唐昭宗乾宁元年）擢第，历十二年，颠沛流离。韦庄年近六十岁时才考取进士，可也只是被封了一个小小的左补阙，直至唐末天复元年（901 年），韦庄赴蜀入王建朝廷，终身仕蜀，官至吏部侍郎兼平章事。在此时期韦庄曾写诗《与东吴生相遇》，他感叹道："贫疑陋巷春偏少，贵想豪家月最明。"该诗对自己十年身世的坎坷不平的慨叹，和这首绝句异曲同工。这首诗正是写于他仕蜀之前，以樱桃树为寓体，抒发着对炎凉世态的愤懑和对趋奉之徒的鄙夷，饱含着极沉重的身世之感慨。

【作者简介】韦庄（约 836—910）字端己，长安杜陵（今陕西西安东南）人，晚唐五代重要词人与诗人，孤贫勤学，才智过人，曾长期流落江南。韦庄的词清艳绝伦，为花间派之代表词人；其诗风清丽飘逸，以《秦妇吟》最为有名。应试多次才中进士，晚年居成都浣花溪，故后人又称他"韦浣花"，前蜀武成三年（910 年）卒于成都花林坊。

〖诗词格律〗这首七绝诗的平仄格式为标准的仄起入韵式：仄仄平平仄仄平 / 平平仄仄仄平平 / 平平仄仄平平仄 / 仄仄平平仄仄平。所以，读起来声调特别和谐清雅。

七言诗，起源于汉代民间歌谣，魏曹丕的《燕歌行》，是现存较早的纯粹七言诗。到了唐代发展成七言古诗、七言律诗、七言绝句，与五言诗同为古典诗歌中的主要形式。

棕榈

枯棕—唐·杜甫

蜀门多棕榈，高者十八九。

其皮割剥甚，虽众亦易朽。

徒布如云叶，青黄岁寒后。

交横集斧斤，凋丧先蒲柳。

伤时苦军乏，一物官尽取。

嗟尔江汉人，生成复何有？

有同枯棕木，使我沉叹久。

死者即已休，生者何自守？

啾啾黄雀啄，侧见寒蓬走。

念尔形影干，摧残没藜莠。

【花谱】棕榈是一种常绿乔木。树干高 7 ～ 15 米，直径 50 ～ 70 厘米；叶大，集生在干顶，叶柄有细刺；夏初开花，花小而呈黄白色。生长于我国秦岭以南各地。棕衣可制成绳索、毛刷、床垫、蓑笠等。棕榈也是一种观赏树。

【诗词赏析】诗人并没有写棕榈树的花，而只是描述棕榈由生机勃勃到枯死的过程和原因，咏物感时，以现实主义的笔力，借枯棕喻人，沉痛地鞭挞了封建统治者对人民的残酷剥削，深切地表达了对生活在底层的劳动群众的同情。

全诗二十句，前十句咏物 —— 叙述棕榈何以会从欣欣向荣走向死亡；后十句感时 —— 抒写劳动群众的命运如同棕榈一般地蒙受被置于死地的摧残。借物叹世，诗人的心与百姓的命运同步起落。

前十句对枯棕的感叹有三个层次。一至四句为第一个层次："蜀门多棕榈，高者十八九。其皮割剥甚，虽众亦易朽。"蜀地（四川）一带盛产棕榈，百分之八九十都长得粗壮高大；但如果每年将它的树皮割剥得次数太多，棕榈树再多也容易枯死。《广群芳谱》便记载了棕榈的生长特征："（棕榈）每岁必两三割之，否则树死或不长也；剥之多，亦伤树。"棕榈的树皮若不每年割剥两三次，就不能健康成长；但割剥的次数过密，棕榈树即使再多，也是不行的。

五至八句是第二个层次。"徒布如云叶，青黄岁寒后。交横集斧斤，凋丧先蒲柳。"这四句诗，倾注着诗人对棕榈的同情：可惜棕榈树尽管枝繁叶茂如云，岁寒之后却是一片枯黄（棕榈本应该终年长青），原来它遍身密布刀斧的砍割之痕，居然比最易凋谢的水杨树还要先枯死！徒，白白地；斧斤，砍木的工具，《荀子·劝学》有言："林木茂而斧斤至焉。"蒲柳，即水杨，凋谢得早，《晋书·顾悦之传》有言："蒲柳常质，望秋先零。"诗人在吟咏这四句诗时，满含辛酸的泪。

九、十句诗"伤时苦军乏，一物官尽取"是第三层意思。百姓遭受战乱之苦，缺吃少穿，只得对棕榈树多次滥剥滥割，可是所得的收获实际上又全部被官家夺走了。诗人在这里指出，统治阶级的苛捐杂税才是棕榈树"凋丧"的根本原因。棕榈树干粗直，叶大如轮，其皮可以织衣帽、褥子之类，棕笋还可食用，树干能做器物。百姓被官府所逼，只得举"斧斤"砍向棕榈。

后十句喻物感叹时，同样分为三个层次。十一句到十四句是第一层意思。"嗟尔江汉人，生成复何有？有同枯棕木，使我沉叹久。"我叹息这川楚地带的百姓们，你们靠什么生存下去呢？你们就像那枯萎的棕榈，使我长久地摇头叹息呀！一个"久"字，令人感到诗人对老百姓的同情心是从心底发出来的，是何等深切、真挚！

十五、十六句"死者即已休，生者何自守？"是后部分的第二层意思。死去的，像枯萎的棕榈一样也就算了吧。可是，还活着的怎么办呢？这两句诗集中体现了诗人忧民的高尚情感。

十七至二十句是感时部分的第三层意思。"啾啾黄雀啄，侧见寒蓬走。念尔形影干，摧残没藜莠。"枯萎的棕榈树丛中，有几只啾啾聒噪的黄雀，偏着冷眼看那寒风中的枯草被吹得飘摇不定；而可怜的老百姓形影干瘦，始终饱受摧残，如同枯棕一样被埋没在野草丛中。藜，贱草；莠，即狗尾草，或指一切恶草。诗人在结尾处抒发了对统治者的强烈控诉和对人民的深深同情。诗中聒噪的黄雀，象征着对百姓疾苦漠不关心的统治者，他们不但不"薄税赋、轻徭役"，反而在战乱之时变本加厉地残酷剥削老百姓。

杜甫诗歌深刻的人民性，便真实地表现在这一类的诗行之中。

【作者简介】杜甫，见前《江梅》篇。

〖**诗词格律**〗这是一首五言古体诗。诗人将枯棕拟人化，抒发着对上层统治者横征暴敛的愤怒，以及对下层劳动者的深切同情。全诗不求对仗，平仄和用韵也比较自由。

咏宋中道宅棕榈—宋·梅尧臣

青青棕榈树，散叶如车轮。

拥箨交紫髯，岁剥岂非仁？

用以覆雕舆，何惮克厥身！

今植公侯第，爱惜知几春。

完之固不长，只与荞本均。

幸当敕园吏，披割见日新。

是能去窘束，始得物理亲。

【诗词赏析】这首咏物诗专咏棕榈树的本体，但在写树的本体时，却情不自禁地寄寓了作者自身的某些体念和蕴含的真理。

首二句，描摹出棕榈树的颜色与形态；"青青棕榈树，散叶如车轮。"整树是青色的，叶子硕大，散开来呈圆形，好像大车轮子一样。

第三句写它的风姿，"拥箨交紫髯"。箨，指棕树皮；紫髯，指棕树皮末端的棕毛。所谓"拥"，是说棕树皮与那棕毛相互连结，而被硕大如车轮的叶子拥抱在一起。

四、五、六句，"岁剥岂非仁？用以覆雕舆，何惮克厥身！"作者看到棕树皮，想到了棕榈树的成长特点和用途：因为棕榈树长高到一米左右时，就必须剥掉棕衣，每次剥十至二十片，棕榈树可连续剥四十年至八十年，其寿命长得很。只要在每年剥一次树皮，树皮、树干可以用来雕织成器物，这岂不是对棕榈树的一种仁爱吗？用棕榈树皮、树干装饰华贵的车驾，哪里会畏惧克尽厥职，舍弃自身呢？

"今植公侯第，爱惜知几春。"前一句诗，诗人点明了主题，他说的棕榈树不是一般长在野外疏林或者是栽植于别家的房前屋后、墙角地边、道路两旁的棕榈树，而是特指生长在宋中道家中的那株棕榈树。公侯第，即宋中道家宅。可是紧接着的下一句来了一个大转折：名褒实贬，"爱惜知几春"，意思是说，在这些岁月里，公侯家是多么地宠爱那株棕榈树呀。

"完之固不长，只与荇本均。"然而，宠爱的结果呢？因为宋宅对棕榈树过于宠爱，从不对它剥割，因此，此棕榈树当然长不高，几度春秋下来，依旧是那么矮小、羸弱，就像野外无人浇灌的荇菜一样。

"幸当敕园吏，披割见日新。"幸亏诗人明白种植棕榈树的要旨，告诫公侯府第，赶紧叫管园的纠正过来，每年记得对棕榈树进行适当的剥割，只有这样，才能让棕榈树一天天地欣欣向荣。

最后两句"是能去窘束，始得物理亲"便是诗人由棕榈树的生长特点联想到一个世间的普通道理：只有去除某些束缚，才能让某些事情得到一种良好的结果。就好比对棕榈树，你若不每年适当地剥割，解除它多余的束缚，棕榈树是长不好的。"十年树木，百年树人"，植树是如此，那么，育人又何尝不是如此呢？诗人通过短短的小诗，道明了生活中一个普遍的真理。

【作者简介】梅尧臣（1002—1060）字圣俞，宣州宣城（今属安徽）人。宣城古称宛陵，世称梅宛陵。北宋著名现实主义诗人。初试不第，以荫补河南主簿。于皇祐三年（1051年）始得宋仁宗召试，赐同进士出身，为太常博士。后经欧阳修引荐为国子监直讲，曾参与编撰《新唐书》，有《宛陵先生文集》60卷。

〖诗词格律〗这是一首五言十四句的古体诗。通过棕榈树的成长道出了植树和育人的道理，全诗无华丽艳语，可说出来的道理却很能服人。欧阳修在《六一诗话》中说"圣俞覃思精微，以深远闲淡为意"，此诗小事情中见大道理，且精致细密，越读越觉其理意味悠长，正具有很典型的宋诗特点。

山枇杷

山枇杷——唐·元稹

　　山枇杷，花似牡丹殷泼血。往年乘传过青山，正值山花好时节。压枝凝艳已全开，映叶香苞才半裂。紧缚红袖欲支颐，慢解绛囊初破结。金线丛飘繁蕊乱，珊瑚朵重纤茎折。因风旋落裙片飞，带日斜看目精热。亚水依岩半倾侧，笼云隐雾多愁绝。绿珠语尽身欲投，汉武眼穿神渐灭。秾姿秀色人皆爱，怨媚羞容我偏别。说向闲人人不听，曾向乐天时一说。昨来谷口先相问，及到山前已消歇。左降通州十日迟，又与幽花一年别。山枇杷，尔托深山何太拙？天高万里看不精，帝在九重声不彻。园中杏树良人醉，陌上柳枝年少折。因尔幽芳喻昔贤，磻溪冷坐权门咽。

　　【花谱】山枇杷，别名野枇杷，冬青科；常绿乔木，高3～6米。

花开白色，芳香；果实为球形，红色。山枇杷生长在山坡疏林向阳之处。山枇杷与枇杷是截然不同的两个品种：枇杷属蔷薇科，山枇杷属冬青科。山枇杷花色艳丽，与杜鹃花相似；杜鹃花可生食，山枇杷则不可，其花与果实有剧毒，能致人死亡。

【诗词赏析】唐诗人白居易很爱山枇杷，写过好几首咏山枇杷的诗，曾被誉为"知山枇杷者"。其诗友元稹与白居易灵犀相通，亦作此《山枇杷》诗，以倾吐自己的心声，让最了解山枇杷的白乐天像理解山枇杷一样地去理解他元稹。

我们来看看诗人元稹借咏山枇杷倾吐了一种什么样的心声吧。

诗人于元和十年（815年）三月被朝廷贬谪到通州（今四川达县），这首七言古诗便是在赴通州途中时所作。全诗可分为两大段，前一段从起句到"又与幽花一年别"止；后一段从"山枇杷，尔托深山何太拙？"到结句。

开篇二句"山枇杷，花似牡丹殷泼血"，写诗人对山枇杷的总印象：它如花中之王牡丹那样红艳。将山枇杷与牡丹并列，诗人评价高矣。

从第二句起到"汉武眼穿神渐灭"，是诗人回忆往年所见的山枇杷："往年乘传过青山，正值山花好时节"。当年乘传过青山驿站，正是山枇杷花开得繁茂的时节。传，指古代驿站的专用车辆。

"压枝凝艳已全开，映叶香苞才半裂"，此联是说那盛开的花美艳得压低了枝头，那未开的花苞正与绿叶相辉映。

"紧缚红袖欲支颐，慢解绛囊初破结"，此联是说那未开的花蕾像美人紧缚红袖的手掌，正准备支着面颊；那刚绽放的花苞像缓缓解开的红色绣花荷包。以美人手掌与绣囊比喻山枇杷花。

"金线丛飘繁蕊乱，珊瑚朵重纤茎折"，此联是说花蕊繁乱，像一丛丛的金丝线在风中飘曳；而那大朵花瓣像珊瑚一样，垂下来快要把纤弱的花茎压断了。

"因风旋落裙片飞，带日斜看目精热"，此联是说旋风刮起来时，吹落的花瓣好像飞舞的裙片，在阳光照耀下，斜斜望去，真叫人眼花缭乱。

"亚水依岩半倾侧，笼云隐雾多愁绝"，既像依水傍岩的美人半身

倾侧，也像云遮雾隐的美人伤心欲绝。

"绿珠语尽身欲投，汉武眼穿神渐灭"，此联是说那些在风中摇摆的花朵，有的像那多情而刚烈的绿珠，说完话便坠下高楼，正在空中飘呀飘；有的像汉武帝的宠妾李夫人的魂影，正渐渐在武帝的眼光中隐没。

以上几联，对仗十分工整奇巧，看得出诗人下了一番精心雕饰的功夫，其联想、比喻、用典，极尽描摹山枇杷的种种艳丽香绝的姿色，其动态静姿，表达得出神入化。

可是诗人突地笔锋一转，言道："秾姿秀色人皆爱，怨媚羞容我偏别。说向闲人人不听，曾向乐天时一说。"诗人偏偏不喜欢山枇杷的秾姿秀色（如前所描摹的那样），他偏爱的是其怨媚羞容。他这奇特的偏好，"闲人"不愿听，只有最理解他的白居易才明白，他也曾经与白居易言及此事。关键在一个"怨"字，诗人与白居易都遭贬谪，焉得不"怨"？

这样，诗人的笔锋很自然地转入眼前："昨来谷口先相问，及到山前已消歇。"诗人乘传于昨日来到谷口，就打听山枇杷开花的事；待今日来到山前时，山枇杷花期已过了。

"左降通州十日迟，又与幽花一年别。"左，即指降职，古人尊右贬左。这里说，在贬谪通州的路途耽搁了，迟来十天，花开只能待来年了。

诗人满腹遗憾地借山枇杷表达心中的"怨"，他问："山枇杷呀，你托根深山，是不是因为你太愚蠢了呀？"

诗人在反问之后，终于倾吐出他的心声："天高万里看不精，帝在九重声不彻。园中杏树良人醉，陌上柳枝年少折。因尔幽芳喻昔贤，磻溪冷坐权门咽。"诗人说，我明白了，不是你山枇杷太拙，而是你就像我一样，万里天高，我看不到皇上，皇上在九重天，我的声音也传不到皇上那里去。你山枇杷，还不及园中杏树，杏树能使"良人醉"；也不及陌上柳枝，柳枝能使"年少折"。你就像是古时候的贤人吕尚那样，只能冷坐磻溪水边垂钓，等候周文王，因为"权门"阻塞了道路，你一时没办法亲近贤君。

诗人本因弹劾和惩治不法官吏，同宦官刘士元冲突，才被贬谪的。他自然寄希望于皇上的贤明，让他一吐衷情而重新获得重用。

全诗三十二句，从"往年"写到"昨来"，再抒发感慨，层次十分明朗，用语特别讲究，寄寓的主题委婉含蓄，尤其是描摹花开十分细腻传神。这是这首诗的艺术特点。

【作者简介】元稹（779—831）字微之，河南（今河南洛阳）人。早年家贫，曾任监察御史，因得罪宦官及权臣，遭到贬斥。后转而依附宦官，官至同中书门下平章事，最后因暴疾卒于武昌军节度使任所。与白居易友善，世称"元白"。有《元氏长庆集》。

〖诗词格律〗这是一首七言古体诗。古体诗用韵较宽，可以用平水韵，也可以用更宽的韵，即可以邻韵合用。而元稹的这首诗，用的是仄声韵，且一韵到底，中间不换韵。全诗十六联三十二句，看起来篇幅较长，但叙述得层次分明，读起来一点也不觉得繁杂，一韵到底，吟诵起来短促铿锵，极富节奏感。

玉簪花

玉簪——唐·罗隐

雪魄冰肌俗不侵，阿谁移植小窗阴？

若非月姊黄金钏，难买天孙白玉簪。

【花谱】玉簪花，别名白萼花、白鹤仙、白玉簪。百合科，多年生草本。叶丛生，而花茎从叶丛中抽出，秋季开花，花白色，芳香。玉簪喜生长在阴湿处。玉簪花叶俱美，多培植在林间草地或山石路边，更可配置在阳台窗下和案头几上，是赏花者喜爱的一种观赏植物。其鲜花可提取芳香油；全草、根和花都能入药，但有毒，切不可内服。

玉簪花的芳名，有一个神话传说：西王母宴请群仙，仙女们欢畅地痛饮玉液琼浆，她们飘然酣醉，云发散乱，致使头上的玉簪纷纷坠落凡尘，瞬间便化为玉簪花。

【诗词赏析】罗隐的这首诗，承袭了神话的内涵。以玉簪的高贵和玉簪花的娇美，表现出自己不随流俗、决不降格以求的操守。

本来，古往今来的诗人从来主张"咏物不滞于物"，这首诗托物咏志，以形象化的艺术手法，于微见巨，抒发出了诗人洁身自爱的坚定意志。

起句"雪魄冰肌俗不侵"，既是赞美玉簪花被晶莹纯洁的冰雪铸化成的躯体和灵魂，也是诗人的自比。晚唐的诗人群体中，罗隐可说是际遇极其坎坷的。他本名横。十次考进士都没有考上，但他绝不趋附权贵以求进身之阶，于是他便改名隐。诗人的个性如同玉簪花，对黑暗的科场、豪门权贵冷若冰霜。

"阿谁移植小窗阴？"高贵、圣洁的玉簪花，没有被置于流红滴翠的园林，或是瑰丽多彩的花坛，或是雕梁画栋的亭台，却反而被搁置在小窗下一个阴暗的角落里。这是命运的作弄，还是人事的无常？句首冠以"阿谁"作反问句式，表现了诗人内心难以按捺的愤懑和满腔抱负无以施展的抗争情绪。句中的"小窗阴"也以其卑微与寒酸的位置，与诗人穷愁潦倒的身份相贴切。

诗的后二句"若非月姊黄金钏，难买天孙白玉簪"，表明了玉簪花来自天堂的高贵身价。如果没有月中嫦娥手上的黄金钏，则是断难买到天帝孙女儿即织女头上的白玉簪的。"若非""难买"，是用反诘的句式，表现着一种坚定和不屈的意志。"月姊黄金钏"对应"天孙白玉簪"，对仗特别妥切，音韵亦和谐铿锵。这两句诗不但是诗人借白玉簪的高洁，表明他决不委曲求全、低眉俯首事权贵的情操，哪怕是身处困厄的逆境中也不屈尊自贱，而且也隐含诗人希望能有"月姊"那样的知音，能容纳、重用自己，所谓"有美玉如斯""求善贾而沽"的愿望，在这两句诗里做了含蓄的，却也是尽情尽心的表达。然而，诗人的期望终未能实现，他后来回到了家乡杭州，在钱镠的幕下做官，再不到长安去应试了。

【作者简介】罗隐（833—910）字昭谏，杭州新城（今属浙江）人。本名横，以十举进士不第而改名。光启年间，入镇海军节度使钱镠幕，任给事中等职。其诗颇有讽刺现实之作。有诗集《甲乙集》，清人辑有

《罗昭谏集》。

〖**诗词格律**〗这是一首七言古体诗作。古体诗，亦称"古诗""古风"。和近体诗相对，每篇句数不拘，后世用五、七言较多。不求对仗，平仄和用韵也较自由。罗隐的这首七古便是四句二韵。前二句押下平声十二侵韵，后二句押下平声一先韵。

玉簪—宋·王安石

瑶池仙子宴流霞，醉里遗簪幻作花。

万斛浓香山麝馥，随风吹落到君家。

【诗词赏析】王安石的这首诗意境宏阔，令人深思。

首句"瑶池仙子宴流霞"，写天上瑶池的王母娘娘大开宴席，仙女们欢快地赶来痛饮叫作"流霞"的仙酒，眼前洋溢着热闹喜悦的气氛。

次句"醉里遗簪幻作花"，写仙女们既是开怀畅饮，自然是要醉的。天真活泼的仙女在尽情嬉闹追打中，鬓乱钗横，本来妆饰在头上的簪子纷纷坠落人间，瞬间变化成了玉簪花。

第三句"万斛浓香山麝馥"，写那万千丛美丽的玉簪花散发出特有的浓香。斛（hú），古代容量单位；万斛，形容其多。能散发出万斛香气的玉簪花就更多了。

结句"随风吹落到君家"，写那浓郁的香气随着阵阵熏风，进入了千门万户的百姓家中，给人们送去惬意和舒适。

其实，这首七绝看似含蓄实为明朗地表达了诗人的政治理想。要知道，王安石是宋朝的大政治家。他久蓄改革之志，曾向仁宗皇帝上《万言书》，倡言改革，未被采纳。神宗即位，才使他获得了实现抱负的机会。他坚持自己的政治主张，关心国计民生，竭力革除弊政，推行新法，以期实现国富民殷的局面。他希望新法像玉簪花一样浓香馥郁，能随着多种措施散入千家万户而得到实惠，这就是他写这首诗的内蕴所在。

【作者简介】王安石，见前《菩萨蛮·海棠乱发皆临水》篇。

〖**诗词格律**〗王安石擅长绝句。《沧浪诗话》的作者严羽说："公绝句最高，其得意处高出苏黄。"杨万里也说："五、七字绝句最少而最难工，晚唐人与介甫工于此。"这都说得很中肯。王安石的五绝、七绝中，都有不少脍炙人口的名篇、名句。像这首写玉簪花的诗，就将诗情与画意交融得珠联璧合；托物咏志，景象奇美，音调和谐。全诗采用的是平起入韵式，四句三韵。押下平声六麻韵。

槐花

岐下寓居见槐花落因寄从事
——唐·吴融

才开便落不胜黄，　覆著庭莎衬夕阳。

只共蝉催双鬓老，　可知人已十年忙。

晓窗须为吟秋兴，　夜枕应教梦帝乡。

蜀国马卿看从猎，　肯将闲事入凄凉？

【花谱】槐树，别名国槐、玉树，属豆科，落叶乔木。树皮粗糙。每年七月、八月开花，花冠呈蝶形，黄白色或黄绿色，清香四溢，能抗烟尘，且寿命长，是良好的庭院树和行道树。槐树木材坚硬，可造船舶、车辆、器具，并可用于雕刻等；花和果实可入药，花还能做黄色染料。

【诗词赏析】唐末军阀混战，天复元年（901 年），吴融任户部侍郎，是年冬，朱温兵犯，昭宗逃往凤翔，吴融随从护驾不及，走了岔路而流寓阌乡（今河南灵宝市），故此诗题有"岐下寓居"语。岐同歧，岔路。

诗人见槐花飘落，有感赋诗，寄给他的从事。这里所谓"从事"，指汉以后三公及州郡长官自辟僚属，多称为从事，到宋朝以后便废了。

此诗以哀伤的情调从侧面反映了唐末战乱的局面，抒发了诗人忧国忧民的感慨。

首联"才开便落不胜黄，覆著庭莎衬夕阳"，诗人描绘了一幅槐花零落、夕阳西下的凄凉图景：盛开不几日的槐花正在凋谢，那白色的花瓣片片覆盖在庭中的莎草上，映衬着夕阳昏暗的余光。这衰败的场面正是唐末国力败落的写照。"不胜黄"，寓意当为：唐末的黄巢起义，白色的槐花胜不过金黄的菊花。黄巢在《不第后赋菊》诗中呐喊道："我花开后百花杀""满城尽带黄金甲"。待到朱温兵进长安时，唐朝已日薄西山。

面对苟延残喘的唐王朝，诗人自己的状态又是怎样的呢？颔联"只共蝉催双鬓老，可知人已十年忙"，正是诗人自己的写照。诗人的双鬓在秋蝉的催唱声中斑白了，为官十来年，忙来忙去。十年，当指诗人于龙纪元年（889 年）登进士第入朝为官起之后的这十来年，诗人在仕途或贬或迁，此中的背景及辛酸，又岂止是一个"忙"字了得呢？秋蝉鸣声肃杀，诗人老态龙钟，此中的牢骚、哀怨，不知诗人的僚属能不能理解得了啊。

诗人接着告诉僚属，他在"忙"什么呢？颈联"晓窗须为吟秋兴，夜枕应教梦帝乡"，应该说，这就是诗人十年来"忙"的内容。从"晓"忙到"夜"，所思所为都是对国家命运的关切，希望朱温的动乱能够被平息，昭帝能返回京城长安。秋兴，当指杜甫的《秋兴八首》，其诗乃杜甫作于旅居夔州之时；帝乡，指长安。当年杜甫的处境也跟此时诗人的境遇相近："梦帝乡"与杜甫的"每依北斗望京华"异曲同工。深厚的忧国之情，表露于中。

而尾联"蜀国马卿看从猎，肯将闲事入凄凉？"乃诗人问僚属的话。

全诗自始至终，表现着诗人对国家命运的关切。"蜀国马卿"，当指西汉文学家司马相如，他曾跟随汉武帝狩猎，所作《子虚赋》《上林赋》，描写武帝苑囿之盛、田园之乐。诗人问僚属，依你看，如果司马相如在今日，会不会将这些凄凉的"闲事"写进辞赋里去呢？"闲事"，本是指相如辞赋里所着力描写的苑囿田猎；诗人在这里写的"闲事入凄凉"，当然不是"闲事"，而是家国沦亡的大事了。而唐王朝的衰败，正与几代皇帝沉溺歌舞腐化之类的"闲事"有密切的关联，诗人焉得将"闲事"归于"凄凉"呢！

纵观全诗，它完全是取杜甫《秋兴八首》之意而作。"夜枕应教梦帝乡"与"每依北斗望京华"如出一辙，只是曲折地以槐花托兴，表露着对家国的忧思情感，怪不得有人说吴融的诗"音节谐雅，犹有中唐之遗风"。

【作者简介】吴融（？—903），字子华，越州山阴（今浙江绍兴）人。于昭宗龙纪元年（889年）登进士第，随军讨蜀。乾宁二年（895年），因事贬官，流寓荆南，次年官封中书舍人。天复元年（901年），擢为户部侍郎。天复三年，迁翰林学士承旨后，不久去世。吴融工诗文，行楷书法颇佳。其诗作于《全唐诗》存四卷。

〖诗词格律〗这是一首七律诗。在平仄格式上，采用的是首句平起入韵式，八句五韵。中间二联对仗工整，无可挑剔。押下平声七阳韵。

石竹

石竹咏—唐·王绩

萋萋结绿枝，晔晔垂朱英。

常恐零露降，不得全其生。

叹息聊自思，此生岂我情。

昔我未生时，谁者令我萌？

弃置勿重陈，委化何足惊。

【花谱】石竹，别名洛阳花、竹节花，多年生草本，全株高20～45厘米，全株粉绿色。夏季开花，花朵有红、淡红色或白色。花枝纤细、青翠。产于我国北部至中部。生于山野间，也可栽培，是我国传统的观赏花之一，是美丽的盆栽花卉。园艺上有羽瓣石竹、锦团石竹、五彩石竹、麝香石竹（康乃馨）等变种。因其姿态纤弱，又有"美人草""少女石竹"的芳名。唐代的陆龟蒙曾写有《石竹花咏》："曾看南朝画国娃，古罗衣上碎明霞。而今莫与金钱斗，买却春风是此花。"对石竹大加赞美。

在外国，石竹被一些国家的人们看作纯洁的母爱之花，常在母亲节时佩戴在胸前。

【诗词赏析】那么，我们来看看早于陆龟蒙两百多年的初唐时的诗人王绩，他又是如何咏石竹的。不难看出，这首诗完全是借石竹之口，控诉当时社会环境的险恶，表现诗人无力抗争的虚无的情感。全诗低沉的格调，与初唐诗人王绩在晚年遭逢世乱，失意归隐，颓放消极的思想感情是息息相关的。

起首二句"萋萋结绿枝，晔晔垂朱英"，写的是石竹花繁华姣美的现状：绿叶萋萋，纤细青翠，红花斑烂，光彩照人。煜煜，形容光照明亮。梁简文帝有诗《咏朝日》："团团出天外，煜煜上层峰。"起首二句对仗工稳，语调和谐而亮丽。

岂不知诗人先扬后抑，转笔却是"常恐零露降，不得全其生"。以低落的语调吟诵出一种恐惧的悲哀。那么，石竹花恐惧的是什么呢？它时时恐惧着寒霜冷露的降临，使它未到凋谢期便过早地夭折，自身得不到保全。

五、六句"叹息聊自思，此生岂我情"，石竹花因恐惧外界的冷酷而叹息，自我思索道：生在这样一个世道，难道是我自己愿意的吗？一个"岂"字，以有力的反问，表现出了石竹花（即诗人自己）愤愤然的无奈和挣扎。

石竹花（诗人自己）继续反问："昔我未生时，谁者令我萌？"当初我还没有生命的时候，是谁让我来到这个世界的呢？一个"令"字，呼应着前面的"岂"字，表现着一种无法反抗的被动性。这种被动性，就是对自我的否定，是对外界环境的悲观绝望，并且企图逃避恶劣的现实。

反问之后，石竹花（仍然是诗人自己）又以超然物外的态度，用"弃置勿重陈，委化何足惊"作结全诗：抛弃我吧，别再让我发芽，死亡，也没有什么可怕……"委化",指凋谢死亡。这结尾二句,看似淡然、坦然,实际上却是无可奈何达以极致了!

诗中的石竹,无疑是诗人的化身。王绩生活于隋末唐初,曾两朝为官,然而,他在隋时因简傲嗜酒,屡受勘劾;在唐时也因其兄得罪大臣,致兄弟都贬而不用。诗人挂冠归田,终于忧愤而死。此诗表现的这种虚无主义思想,对外界环境险恶的愤恨,作者一介书生,自然缺乏愤恨的手段与勇气,因此只好故作旷达与超脱了。

【作者简介】王绩,见《春桂问答二首》篇。

〖诗词格律〗这是一首五言排律诗。王绩退守田园后,借老庄之说发泄愤世嫉俗之情,以阮籍、陶潜自比,醉酒混世,表现出放达简傲的名士风度。他的诗歌描写田园生活的闲情逸趣,平淡自然,使当时典雅富丽的唐初诗坛上掠过了一阵田野的清风。他写的部分五言诗已大体是合格的五言律诗了。因为他的田园诗继承了陶渊明写乡居闲适之趣的传统,能侧重表现田园生活环境和日常生活的细事,在题材内容和艺术表现上,对唐代山水田园诗的发展的确起到了先导的作用。在王绩之后,初唐"四杰"(杨炯、王勃、卢照邻、骆宾王)在形式格律方面,为五律和绝句的成熟继续做出了各自的贡献。

山舍小轩有石竹二丛
哄然秀发因成二章（其一，节选）
——宋·林逋

所重晚芳犹在日， 可关秋色易为花。

深枝苒苒妆溪翠， 碎片英英剪海霞。

【诗词赏析】 林逋爱梅花是出了名的。看来，他也爱石竹。有才气的诗人，其爱好是广泛的。

"所重晚芳犹在日"，诗人于晚秋时节，见到了依然盛开的石竹花，不禁有些奇怪。因为石竹的花期多在农历的暮春至初夏，可此时它依旧娇红嫩白，花瓣上的镶边的细绒仍在眼前清晰绽放。

"可关秋色易为花"。"关"，告知，关照；"易为花"，变换一下对花的态度。不过，时令终究已进入深秋，诗人在心中虔诚而殷切地希望秋天，不要性急，切莫造次，爱惜这秋来不可多得的玲珑石竹。你看，它是多么俏丽、纤弱：它深枝已然下垂，还在以通体的粉绿（在诗中比喻为一带碧水）装饰着溪岸；再看那碎霞似的簇簇娇红嫩白的繁花，又是多么惹人怜爱。

短短的小诗，表现了诗人乃性情中人，他对美好物事的关爱是深沉的。

【作者简介】 林逋，见前《山园小梅》篇。

〖诗词格律〗本诗写法上别具一格：诗中在关照过秋风之后，用两句对仗工整的诗句勾勒出石竹的柔姿，读来真耐人寻味。

蔷薇

蔷薇正开，春酒初熟，
　因招刘十九、张大夫、崔二十四同饮
　　　　——唐·白居易

瓮头竹叶经春熟，阶底蔷薇入夏开。

似火浅深红压架，如饧气味绿粘台。

试将诗句相招去，倘有风情或可来。

明日早花应更好，心期同醉卯时杯。

【花谱】人们常提到的蔷薇，一般就是指已经过栽培的观赏类品种的蔷薇，比如黄蔷薇、香水蔷薇、十姊妹、粉团蔷薇等。这些品种都属蔷薇科，是一种落叶灌木，高 1～2 米，茎上有刺，花开后，有白色、粉红色或深红色，花团锦簇，芳香浓郁，为历代人们喜爱。人们常将蔷薇种植在花架、廊亭旁，也可种植在围墙下，增添不少情趣。

蔷薇除供观赏外，花、果、根都能入药和制成香料。

【诗词赏析】白居易这首诗写在初夏时，蔷薇花开了，春酒酿成了，诗人感情真挚地向刘、张、崔三位友人写诗邀请他们来举杯赏花。

首联"瓮头竹叶经春熟，阶底蔷薇入夏开"，是说坛子里的竹叶酒经过一个春天已经酿成了，石阶下面的蔷薇花进入初夏也开花了。全诗切入诗题，蔷薇正开，春酒正熟，以美好的情景邀约友人前来。

颔联"似火浅深红压架，如饧气味绿粘台"，饧，指麦芽熬成的胶状糖稀。出句写正开的蔷薇，像火一般鲜艳璀璨，花色或浓或淡，盖压在花架上；对句写初熟的春酒，像饴饧一样芬芳醇浓，酒名"竹叶"，其色翠碧，连台阶仿佛都沾染上了绿色的香味。李太白"花间一壶酒，独酌无相亲"，便只好"举杯邀明月"；白乐天此时已任江州司马，现时正花开酒熟，正好邀来友人共饮，切莫辜负了这美景良辰呀！

于是，颈联"试将诗句相招去，倘有风情或可来"，诗人在这里说，我写下这首诗，请诸位来与我一道赏花饮酒，如果你们有兴致的话，一定会高高兴兴来的吧。诗人在这里是以肯定的口气来邀约诸友的。他的《招东邻》一诗中"能来夜话否？池畔欲秋凉"，以及《问刘十九》中"晚来天欲雪，能饮一杯无？"都是以商量的口气邀约友人。而在这首诗中却是以不容推拒的语调。为什么？这是因为诗人太了解诸友了：志趣、爱好都相同，"风情"是一致的，岂会有不来之理？

何况，诗人进一层抛出那挡不住的诱惑。即尾联"明日早花应更好，心期同醉卯时杯"，明日早晨的花一定开得更加风姿绚丽，我与诸位有此同好，心心相印，希望明早能与你们一起举杯欣赏蔷薇啊！"卯时"，指早晨五点到七点，所谓"寅卯不天光"，正是天边刚现鱼肚白的时候。

【作者简介】白居易，见《喜山石榴花开》篇。

〖**诗词格律**〗这是一首七律诗，采用的是平起不入韵式，八句四联。押上平声十灰韵。首联对仗工整，中间二联对仗亦极工整，诵读起来，感到友谊之可贵，情亦浓如酒。全诗语言朴实如口语，基调明快清新，豁达乐观；通读全诗，如闻花香，如饮醇醪。

蔷薇——唐·储光羲

袅袅长数寻，青青不作林。

一茎独秀当庭心，数枝分作满庭阴。

春日迟迟欲将半，庭影离离正堪玩。

枝上莺娇不畏人，叶底蛾飞自相乱。

秦家女儿爱芳菲，画眉相伴采葳蕤。

高处红须欲就手，低边绿刺已牵衣。

葡萄架上朝光满，杨柳园中暝鸟飞。

连袂踏歌从此去，风吹香气逐人归。

【诗词赏析】 读全诗，如同观赏一幅春天的美景图，如同聆听一曲优美的春之曲。美景，是蔷薇的美景；春之曲，是蔷薇的歌吟。

先观赏蔷薇的美景吧。展眼看去，蔷薇茎枝细长，灌木丛郁郁青青，但花枝四散，花团锦簇，可它们不屑于去争当高大的林木。它们有的在庭院中心亭亭一枝独秀，也有的在庭院四周花枝错落地绽放，在仲春的日子里展现不同的姿态：有的含苞半放，有的恣意婀娜，正陪人玩赏。枝头上娇美的莺鸟在自由地腾跳，并不畏怯远近的人群；绿叶下的虫蛾兀自无规则地游走。

再聆听蔷薇的春之曲。在和煦的春光之中，只见一群群少女拥来。秦家女儿，泛指美女，汉乐府《陌上桑》："秦家有好女，自名为罗敷。""芳菲"，这里不作幽香解，而指蔷薇。"葳蕤"，原指草木繁茂，这里还是指蔷薇。美少女打扮得像画眉鸟一般三三两两地相伴去采蔷薇花。她们立在高低不同之处，伸出纤纤玉指去采摘蔷薇花，却不知道低处的蔷薇花刺早就亲密地牵挂住她们的衣襟，于是逗引得美少女们嘻嘻哈哈地乐开了怀。诗行里仿佛能听到那一群群美少女的尖叫声和歌声。此刻，黄昏渐近，和风吹送着蔷薇花香，美少女们携手并肩，与归鸟们一道踏歌回家，人和鸟渐渐消失在远方……

【作者简介】储光羲（约 707—约 762）祖籍兖州（今属山东），润州延陵（今江苏丹阳西南）人。开元进士，官监察御史。曾在安禄山陷长安时受职，后被贬，死于岭南。其诗多写闲适情调。有《储光羲诗集》。

〖诗词格律〗这是首古体诗。在轻松活泼有节奏的叙述中，娓娓道来，音调和谐。八联十六句，每一联都对仗工整。尤以"高处红须欲就手，低边绿刺已牵衣"二句绝佳，既点明了蔷薇花的多刺之特点，也道出了美少女爱美爱花的天真。花美人也美，相映共生辉，诗人向我们展示了生活的美好和汉语言的美好。

丁香

江头四咏·丁香—唐·杜甫

丁香体柔弱，乱结枝犹垫。

细叶带浮毛，疏花披素艳。

深栽小斋后，庶近幽人占。

晚堕兰麝中，休怀粉身念。

【花谱】丁香又名鸡舌、丁子香。桃金娘科，丁香属。其变种有白丁香、紫萼丁香、佛手丁香。落叶乔木，株高 5 米。春末夏初开花，花紫色，密集成圆锥花序，芳香袭人，原产我国华北，是一种著名的观赏植物。常植于园林、草丛或道路旁。

丁香花可提取芳香油，其嫩叶晒干后可与茶同饮。紫丁香原产于我国北部，现已广泛栽培。非洲坦桑尼亚的桑给巴尔岛盛产一种叫洋丁香的花（但与丁香不同科），在国际上享有盛誉，被称为"丁香之岛"。

　　【诗词赏析】这首诗选自《杜工部草堂诗笺》。上元元年（760 年），诗人杜甫于安史之乱中，在成都西部浣花溪畔建草堂，与百姓为邻，以诗书为伴，种植芋栗，经营药圃，总算是有了一个憩息的地方，使诗人感到欣慰，面对绮丽的田园风光，情难自抑地写下了这首咏丁香花的诗。

　　当时诗人的草堂内外种植有花丛团扶、芳香袭人的丁香，因之，起首二句"丁香体柔弱，乱结枝犹垫"，是诗人对丁香花的概写：丁香花柔弱的枝条纵横交结，宛若一张棕丝经纬相错的棕垫。以比喻概括了丁香的外形，既贴切而又通俗。着一个"乱"字，在乱中显现自然之美，形象跃然逼真。这首联便流露出诗人对名花的怜爱之情。

　　颔联"细叶带浮毛，疏花披素艳"，则是诗人对丁香花的细写了：只见细嫩的丁香叶上覆盖着若隐若现的绒毛，稀疏的花朵玲珑洁白，是那样朴素而明艳。出句着一"带"字，对句着一"披"字，便勾勒出丁香的细叶疏花那鲜活的动态美。这一联表现出诗人对大自然景物的观察是何等细致，描摹又是如此入微。这样柔嫩、高雅的花，就应该小心栽培，着意珍爱才是。

　　因此，颈联便转入"深栽小斋后，庶近幽人占"。庶，幸、希冀的意思；幽人，指幽居之人，隐士。这一联的意思是，丁香应该好好地种植在书斋后面，并且希望它陪伴着隐士成长，因为只有隐士才配独享它。丁香高雅，隐士高洁，让隐士赏心悦目、心旷神怡，既符合丁香固有的禀赋，也是诗人所追求的一种高尚情操。这里的所谓"幽人"，应该是诗人面对丁香时的一种自勉和期冀吧。

　　但是，我们应该清醒地看到，作为伟大的现实主义诗人的杜甫，"幽人"，终究不是他所追求的"立功"之境。"国破山河在"，诗人热爱国家，胸怀高远的政治抱负，而"幽人"不过是他身处短暂安宁时瞬间的一念。

　　所以，尾联"晚堕兰麝中，休怀粉身念"，才是诗人真正长久的自勉自励。诗人居草堂之时，已年近半百，于是他在这里提醒自己：晚年生活在花香浓郁的环境中，切不可怀有贪图享乐的念头呀。"兰麝"，兰与麝香，都是香料，古时常指代美女。《晋书·石崇传》："崇尽出其婢妾数十人以示之，皆蕴兰麝，被罗縠。"兰麝，在这首诗里，指的却不是美女，而是指诗人此时所置身的馥郁芬芳的环境。粉身，字面上是身如粉碎之意，可在此诗中应作"身与名俱灭"解。因此，这尾联的意思很明确：身陷兰麝之中，不可耽溺于声色，要居安思危，保持晚节。

这首诗在艺术上最大的特点在于语言的质朴，其所咏的丁香花是那样艳丽、香馥，但诗句却又如此朴素、淡雅，这与诗人所要表达的思想感情、志向情操密切相关：于兰麝之中保持冰清玉洁。当然，其诗也于遣词造句上，一脱秾丽之语而不施粉黛、葆其自然朴实了。

【作者简介】杜甫，见前《江梅》篇。

〖诗词格律〗这是一首五律。采用的是平起不入韵式。八句四韵。押去（仄）声二十九艳韵。中间二联在对仗上，颔联工对，颈联宽对。

丁香—唐·陆龟蒙

江上悠悠人不问，

十年云外醉中身。

殷勤解却丁香结，

纵放繁枝散诞春。

【诗词赏析】诗人陆龟蒙对这株丁香的吟咏所蕴含的思想感情既不同于杜甫对丁香的格外怜爱，更不同于其他一些诗人对丁香的寄寓。唐宋许多诗人称丁香花为"丁香结"，那也许是因为丁香花密集成圆锥细筒状，其花瓣不肯尽情舒展的缘故吧。唐代牛峤《感恩多》词云："自从南浦别，愁见丁香结。"李商隐诗《代赠》云："芭蕉不展丁香结，同向春风各自愁。"南唐李璟《摊破浣溪沙》词云："青鸟不传云外信，丁香空结雨中愁。"均用丁香的花蕾来比喻一种别绪、愁思的固结不解。

唯有陆龟蒙笔下这株丁香，"江上悠悠人不问，十年云外醉中身"。此丁香独立江边，孤开云外，欣欣然绽放，毫无显露郁结不解的愁容。"殷勤解却丁香结，纵放繁枝散诞春。"这里的"殷勤"指情意恳切；"散诞"，意为逍遥自在。此丁香，尽管十年无人问津，尽管有时也难免嗜酒沉醉，但决不糊涂混世，总想于世事之中有所作为。

陆龟蒙性格坚强刚毅、豁达开朗，素不喜什么离愁别怨，如他的《别离》诗所言："丈夫非无泪，不洒离别间……所志在功名，离别何足叹。"哪怕是在闲适中，他也是"觉后不知明月上，满身花影倩人扶"。然而，陆龟蒙身处唐末动乱的年代里，以冠绝一时的才华而致终身沉沦，那是时代给他的悲剧。

【作者简介】陆龟蒙，见前《白莲》篇。

〖诗词格律〗这是一首七绝，采用的是仄起入韵式，四句三韵，押去声十三问转上平声十一真。

石莲花

石莲花——唐·司空曙

今逢石上生，本自波中有。

红艳秋风里，谁怜众芳后。

【花谱】石莲花，别名宝石花、莲花掌，景天科，石莲花属，多年生草本。石莲花与荷花（别名莲花）是不同科属。石莲花并不特别美丽，人们以观其叶为主。因为它肉质丰厚的叶片，长椭圆状而密集，就像蓝色的玉石所雕琢出来的莲花一样，是一种挺适合室内盆栽观赏的品种。

石莲花本身色白而小，花开五瓣。我国安徽省黄山盛产石莲，每到夏天开花时节，遍山弥漫，有如香雪。黄山的最高峰叫莲花峰，就是因为它像山谷里盛开的石莲花。

【诗词赏析】石莲花是在夏秋开花，叶比花美，那些紧密排列的肉质叶片，宛如蓝色玉石雕琢而成。本诗的前二句"今逢石上生，本自波中有"，诗人有意在"石莲花"的本名上做文章。其实，石莲花与莲花根本是两种不同科属的植物。莲花即荷花，睡莲科水生草本；石莲花，景天科陆生草本。诗人却将石莲花说成是长在石头上的莲花。可是，莲花本来是只在盈盈碧波之中才有的，然而今日却长在荒瘠的石头上。生不逢时，生不逢地，对于莲花来说，难道不是一种悲哀和不幸吗？这叫莲花怎么能自由舒畅地展示它的芳华呢？

诗人在这里借哀莲花的不幸，悲叹自己生不逢时的忧愁。诗人司空曙早年曾赴京应试，不第。安史乱起，诗人又避地南方，至代宗大历初方任洛阳主簿，后入朝为左拾遗，德宗建中年间又被贬为长林县丞。据《唐才子传》记载，他"磊落有奇才"却"性耿介，不干权要"，所以，他虽是大历十才子之一，却空怀奇才，很不得志，曾经因贫困潦倒而含泪遣走他的爱妾。思念及此，怎不叫诗人浩叹！

后二句"红艳秋风里，谁怜众芳后"，写石莲花在金桂飘香的秋风里，开出了红艳艳的花朵，可是有谁会怜爱它开在百花之后呢？前二句的一"逢"字，与这后二句的一"怜"字，凸现了全诗沉郁、压抑的基调。

这后二句诗也是诗人借物自喻：诗人宦途坎坷、穷愁潦倒，又有谁来怜惜呢？怪不得明人胡震亨说司空曙的诗"语近性情"了（《唐音统签》卷七）。

【作者简介】司空曙，字文明，一作文初，洺州（今河北永年）人。曾举进士，入剑南西川节度使韦皋幕府，为"大历十大才子"之一，其诗多表现自然界和乡情，较长于五律，有《司空文明诗集》。

〖诗词格律〗这是一首五言绝句，平起不入韵式，四句二韵，押仄声二十五有韵。平仄格式是对的。

芍药

戏题阶前芍药——唐·柳宗元

凡卉与时谢，妍华丽兹晨。

欹红醉浓露，窈窕留余春。

孤赏白日暮，喧风动摇频。

夜窗蔼芳气，幽卧知相亲。

愿致溱洧赠，悠悠南国人。

【花谱】芍药别名白芍、殿春花、婪尾春、余容、将离、黑牵夷等。毛茛科，芍药属。多年生宿根草本。根粗大，茎高一米，簇生。除本种外，还有草芍药、毛叶芍药、川芍药、毛果芍药、药用芍药等。叶为复叶，全绿，叶脉带红色。

芍药初夏开花，与牡丹相似，花大而美，有红、白、粉、紫等色。

芍药在我国有三千多年的栽培历史，花色艳丽，是装点园林、家庭盆栽的著名观赏植物，其美艳让人珍爱和留恋。另外，芍药的根可入药。

【诗词赏析】此诗虽为戏题，实为诗人以曲笔倾吐着自己遭受政治上的排挤和打击之后，内心所深藏的无奈与愤懑。

开篇二句"凡卉与时谢，妍华丽兹晨"，写群芳都凋谢了，唯独芍药仍开得妍丽风华。凡卉，指百花；兹晨，指今晨。诗人黎明即起，推门见到庭院阶前的芍药盛开，以其"妍丽"美化着这个早晨。诗人在开篇概写了芍药的艳丽。是为远观。

诗人身为逐客，远在异乡，独立庭院，百感交集，眼前的芍药花开与心中的凄黯迷惘之情是融合在一起的。公元805年，唐顺宗重用王叔文、柳宗元等革新派，但由于保守势力的反扑，仅五个月，"永贞革新"就遭到残酷镇压。王叔文、王伾被贬斥而死，革新派主要成员柳宗元、刘禹锡等八人分别谪降。这就是历史上所说的"二王八司马"事件。这首五古，就是柳宗元初到柳州之后写的。

诗人步下台阶，俯身花丛近看，但见"攲红醉浓露，窈窕留余春"。攲，同"敧"，倾斜的意思。芍药仿佛被晶莹硕大的露珠儿灌醉了，红艳艳的花瓣斜斜地摇摆，娇美的身姿贮留着即将流逝的春光。芍药初夏开花，状如牡丹，花期长达四五个月，素有"芍药殿春"之美名。这里的三、四两句诗，分别着一"醉"字、"留"字，咏活了芍药的动感与媚态，是为近观。唯其是近观，看得真切，因而写得细致。

诗人被芍药的醉态熏染，似乎也醉了。从"晨"到"暮"，流连忘返于芍药花前。"孤赏白日暮，喧风动摇频"，孤芳自赏的芍药，独秀一时；这里含有诗人的自比，寓意为自身遭受政治打击后的高洁脱俗，也如同芍药一样，虽然被大风吹得频繁地摇动，但仍保持着它的"妍华"与"窈窕"。"孤"与"喧"的对应，衬托出了芍药独立不羁的品格。

夜幕降临，诗人回房歇息。芍药以知遇之恩相报，便"夜窗霭芳气，幽卧知相亲"。霭，云集之意。芍药将它的芳香浓集到诗人卧室的窗扉上，而已躺下休息的诗人很能理解并接受了这种"相亲"的情意。诗人"幽卧"床榻，可"悠悠"之思使他难以入睡。他从芍药想到《诗经·郑

风》中的《溱洧》篇"维士与女，伊其相谑，赠之以芍药"句，芍药历来是青年男女传情相赠的礼物。

于是，诗人心下有了一个美好的意愿："愿致溱洧赠，悠悠南国人。"将这二句结尾诗简化一下，便是将芍药"愿致赠悠悠南国人"。悠悠，在这首诗里，不作"悠闲"解，应作"忧郁"解，如"悠悠我思"。

那么，"悠悠南国人"是谁呢？当指被贬在"南国"的漳、汀、封、连四州的刺史韩泰、韩晔、陈谏、刘禹锡等人。因为此诗正是柳宗元在柳州贬所写的。诗人一再遭贬，政治上备受排挤与打击，哪有闲情逸致赏花！既是"戏题"，自然是借芍药抒发心声。以"愿致溱洧赠，悠悠南国人"这样两句诗作结，正寄托了诗人对战友们的深情厚谊。让芍药带给你们"余春"，春光常在；让芍药带上我的"相亲"，友谊永存，战斗正未有穷期！

全诗将复杂的情绪和深沉的感慨寓于朴实无华的艺术形式之中，不见愁而愁从心底喷涌，不言愤而愤意自见，情似平淡而低回郁结。宋苏东坡赞柳诗"发纤秾于简古，寄至味于淡泊"，正是这首诗的主要特色。

【作者简介】柳宗元（773—819）字子厚，河东解（今山西运城西南）人，世称柳河东。贞元（793）年间举进士，后任秘书省校书郎，再擢升监察御史里行，与韩愈、刘禹锡同官。因参加王叔文集团，被贬为永州司马，后迁柳州刺史，因此又称为柳柳州。他与韩愈倡导古文运动，同被列入"唐宋八大家"，并称"韩柳"。晚年卒于柳州。其诗风明净简峭，清峻沉郁。有《河东先生集》传世。

【诗词格律】这是律诗中的一种，因其在十句以上，它是就律诗定格加以铺排延长，所以称为排律。排律诗体要求每首至少十句，有多至百韵者。除首、末两联外，上下句都需对仗。也有隔句相对的，那便称为"扇对"。

柳宗元的这首诗便是五言排律诗体。首、末联不对仗，中间六句互为工对。请细品各联对仗之严谨、和谐之美吧。

全诗读来显得沉郁和哀怨，曲笔隐露忧情。

芍药—唐·韩愈

浩态狂香昔未逢，红灯烁烁绿盘笼。
觉来独对情惊恐，身在仙宫第几重？

【诗词赏析】韩愈作诗力求新奇，讲究炼字遣词。而这首小诗却也别具匠心。不用什么典，前二句用"浩态狂香昔未逢，红灯烁烁绿盘笼"形容芍药。"浩态"，千姿百态；"狂香"，极度的芳香。这样的姿态和芳香，往昔从不曾有过。"红灯"，比喻红芍药；"绿盘笼"，簇簇绿叶盘旋笼罩在花朵周围。这些描写不落俗套。而这种感觉是诗人在梦中所悟，只有于梦中才有此新奇见识。

这就很自然地过渡到后三、四句，"觉来独对情惊恐，身在仙宫第几重？"当诗人醒来，独对芍药，仍然有种惊恐之状，更加感到疑惑：自身此刻究竟是在第几重仙宫呢？诗人点到为止，给读者以想象的自由天地，简洁而含蓄。韩柳并称，俱咏芍药，细细品对，各有所长。

【作者简介】韩愈（768—824）字退之，河南河阳（今河南孟州南）人。自谓郡望昌黎，世称韩昌黎。贞元进士。曾任国子博士、刑部侍郎等职，因谏阻宪宗迎佛骨，贬为潮州刺史。后官至吏部侍郎。谥号文，又称韩文公。倡导古文运动，其散文被列为"唐宋八大家"之首，与柳宗元并称"韩柳"。其诗力求新奇，时流于险怪，但他对宋诗影响极大。有《昌黎先生集》。

〖诗词格律〗这是首仄起入韵式的七言绝句诗，四句三韵，押上平声二冬韵。此诗构思奇巧，想象空灵，以神秘的意境抒写心头的欢愉之情，是韩愈小诗中的佼佼者。

月临花

月临花——唐·元稹

凌风飔飔花，透影胧胧月。

巫峡隔波云，姑峰漏霞雪。

镜匀娇面粉，灯泛高笼缬。

夜久清露多，啼珠坠还结。

【花谱】月临花，别名林檎，俗称花红、沙果。落叶小乔木，叶卵圆形或椭圆形。春夏之交开花，花在花蕾时红色，色褪而带红晕。果实秋季成熟，像苹果而小，供生食，味甜中带酸，少儿极喜。

【诗词赏析】元稹所咏月临花即林檎花，是花红果树所开的花之称谓，好一个漂亮的花名！临月盛开，怪不得诗人以锦绣之笔从不同的角度来描绘它的多姿多态。全诗以"月" 贯穿，赋花以鲜明的美人形象和美人的命运。

首联"凌风飚飚花，透影胧胧月"，即写月下风中的月临花的姿影。出句冠一"凌"字，既实写月临花树干高大，有四五米高，当然也就象征着月临花气质的高傲；对句冠一"透"字，既实写月临花的影姿婆婆，疏密斑驳，也寓意着月临花气质的含蓄。飚飚，即飘扬，飞扬。朦胧月光透过林檎，留下花影。这是写实。

接着颔联"巫峡隔波云，姑峰漏霞雪"，将月光下的月临花比作巫山神女和姑射女神。出句说，月临花就像巫山神女隔着水波云那样的飘逸；对句说月临花仿佛姑射女神透过如霞似雪的繁花，隐现着绰约的身姿。姑射女神的典故出自《庄子·逍遥游》："藐姑射之山，有神人居焉，肌肤若冰雪，绰约若处子。"

颈联"镜匀娇面粉，灯泛高笼缬"，将月光下的月临花比作美人的面颊和串串高挂的灯笼。出句说，就像美人对镜，在娇嫩的面颊上均匀地抹上淡淡的白粉，这是比喻着花瓣；对句说，仿佛高高的灯笼，一盏盏映射着灯罩上五彩的图纹，比喻月临花枝干上的簇簇花团。

尾联"夜久清露多，啼珠坠还结"，写月光下花的露珠，借露珠隐喻花的凄婉命运。夜色已深，寒露渐多，一颗颗珍珠似的欲坠还留。结句冠以"啼"字，象征着月临花就像红颜薄命的美人。咏物托意，以月临花自比的诗人很多。诗人在元和五年（810 年）因直言朝政而遭到贬谪，在被贬后写下这首诗，记录着感情上的寄托。.

这首诗在艺术上，其语言和意境都很美，清新、雅致，写出了花的风度和神韵：落笔由远而近，由实而虚，虚实结合，再通过比喻大写整体，细写局部，托物寓意，极其含蓄地表达出诗人内心独特的感慨。

【作者简介】元稹，见前《山楂杷》篇。

【诗词格律】这是一首五言古体诗。全诗押仄声韵，故读来特别显得铿锵。元稹是中唐著名诗人，与白居易过从甚密，情极笃，同是新乐府诗歌的创作者。他的诗歌艺术特色是用语华美，讲求辞藻，擅作艳诗。他的《莺莺传》写张生与崔莺莺爱恋情事，委婉动人。其中崔张待月西厢的幽会场面更是写得迷蒙如梦，引人入胜。这首《月临花》也充分体现诗人的才思与深情，是咏月临花诗中颇具特色的上乘之作。

郁李花

惜郁李花—唐·白居易

树小花鲜妍，香繁条软弱。

高低二三尺，重叠千万萼。

朝艳蔼霏霏，夕凋纷漠漠。

辞枝朱粉细，覆地红绡薄。

由来好颜色，常苦易销铄。

不见葭荡花，狂风吹不落。

【花谱】郁李别名棠棣（也叫常棣）、玉带、六月樱、玉梅、喜梅，蔷薇科，落叶小灌木。株高 1.5 米，产于我国。春季开花，花呈粉红色或近白色。果实小，球形，暗红色，可生食。其种子叫郁李仁，可入药。有润燥清肠、下气行水的功效，治腹水肿胀。

郁李是花果并美的观赏花木，常培植于庭院，也可盆栽，皆爽心悦目，极具风韵。

郁李花有一特点，即花萼上承下覆，有如兄弟般亲密，因此被人们喻为兄弟。郭沫若的历史剧《棠棣之花》，就是描写战国时期聂嫈、聂政姐弟的悲壮故事。

【诗词赏析】在这首诗里，诗人于叹惋郁李花凋落的同时，还揭示出某些生活现象、社会现实中的一些哲理思考。

全诗分泾渭分明的两部分：前八句是第一部分，写出了郁李花的生长特性；后四句为第二部分，抒发了诗人的感慨。

先看一、二句"树小花鲜妍，香繁条软弱"，写郁李花是落叶小灌木和花色鲜艳的特征。这两个特征交错呼应在两句诗中：树小、条软、花鲜、香繁。

三、四句"高低二三尺，重叠千万萼"，是对前二句的具体描画：树怎么样"小"呢？不过只有二三尺的高度；香是怎么样"繁"呢？你就看那郁李花开时，那层层叠叠的千万朵花萼吧。

五、六句"朝艳蔼霏霏，夕凋纷漠漠"，是说郁李花在早晨时，花朵还鲜艳得像云锦一样烂漫绯红，但是一到黄昏便纷纷凋谢了。蔼，云气；漠漠，密布貌。朝开而夕谢，郁李花的花期是何等短促。

七、八句"辞枝朱粉细，覆地红绡薄"，是上一句"夕凋"的具体描画：落下枝头的细小花瓣像淡红色的粉末，飘落地面，如同铺上了一层薄薄的红绡。绡，指生丝织成的薄绸。

前八句对郁李花的准确、细致的描摹，既有概述，又有详写，生动而具体地刻画出郁李花的特点：娇小玲珑、芬芳馥郁，花期短暂而美好。

可是诗人不同于常人的艺术敏感性，正表现在第二部分即后四句：及时地承接郁李花之花虽美，但却凋谢快的这一突出特征，而生发出一种哲理性的感慨与思考。

"由来好颜色，常苦易销铄"二句，"由来"，自古以来；"销铄"，本指金属熔化。这二句是说自古以来凡美丽的容颜，常常苦于容易消散。

然而，"不见莨荡花，狂风吹不落"。这是感叹深沉的反问句。君不见那人人瞧不起的野草莨荡花，任是狂风也不能将它吹落吗！这莨荡花，今作莨菪，也叫天仙子，是一种多年生有毒草本植物，全株有黏性

臭味腺毛，夏季开黄褐色微紫的花，叶和种子可供药用。

诗人是在告诉我们：美好而珍贵的事物、场景乃至人生、时光，人们理当珍惜，切莫空自惋叹；那些人所轻贱的却往往具有顽强生命力的事物，也许有其实用或认识的价值。须知，浩渺世界，本来就充满了辩证的法则呀。

【作者简介】白居易，见前《喜山石榴花开》篇。

〖诗词格律〗这是一首五言排律诗。中间八句四联，押入声十药韵。对仗非常工整、严谨。诗人下笔顺畅自然，对仗句天衣无缝，真可谓妙笔生花。

蘼芜

昔昔盐二十首·蘼芜叶复齐
——唐·赵嘏

提筐红叶下，度日采蘼芜。

掬翠香盈袖，看花忆故夫。

叶齐谁复见，风暖恨偏孤。

一被春光累，容颜与昔殊。

【花谱】蘼芜别名川芎、芎劳、江蓠、薪茝、薇芜，多年生草本，伞形科。据《本草纲目·草部三》："蘼芜，其茎叶靡弱而繁芜，故以名之。当归名薪，白芷名蓠。其叶似当归，其香似白芷，故有薪茝、江蓠之名。"

蘼芜高30～60厘米。根状茎呈不规则的结节状掌形团块，黄褐色，可入药。有祛风活血、行气止痛功效。花却极普通，没什么观赏价值。花白色，生于茎干顶端。

【诗词赏析】诗人在诗题和语言上采用了汉乐府的民歌风格，以一名弃妇的口吻写出此诗。

首联"提筐红叶下，度日采蘼芜"，写妇人提着竹筐去采蘼芜，那时，秋日的山上枫叶正红，她是靠采集蘼芜艰难度日。

颔联"掬翠香盈袖，看花忆故夫"，妇人采摘着翠叶白花的蘼芜，连衣袖都充盈着香气；她凝视着花朵，便立刻想起了弃她而去的丈夫。丈夫是经商在外，还是戍守边塞，抑或中道亡故？这无须明确交代，反正只留下了她孤单一人。花开花谢，不知何日君返回。

因此，颈联满腔怨愤地吟出了"叶齐谁复见，风暖恨偏孤"。青翠的叶子齐崭崭地成双成对地生长，又有谁能与妇人一道观赏呢？和暖的风一阵阵拂来，采蘼芜的妇人只恨怨为何孤单一人！"叶齐""风暖"，正是美好繁华的景象，却偏偏搭配着"谁复见""恨偏孤"的凄切孤苦的场面！对比鲜明，感叹沉重。

尾联"一被春光累，容颜与昔殊"，春光，喻指催人衰老的岁月。妇人靠采蘼芜度日，形单影只，困厄劳累，其容颜一年比一年憔悴。

在这首诗里，诗人借弃妇采蘼芜，倾吐了自身怀才不遇的感叹，更借蘼芜的形象自喻高洁：因为蘼芜在古代是一种著名的香草，古人常常把它佩戴在身上以示情操的高洁。屈原的诗中便多次提及它。"扈江离与辟芷兮""又况揭车与江离"（《离骚》）、"秋兰兮麋芜"（《九歌》），等等，句中的"江离""麋芜"均指蘼芜。明末的名妓如是，亦曾自号"蘼芜君"，更是以其自喻而表明高志了。

赵嘏的诗历来被人评为"清圆熟练""不假雕饰、落去铅华"，此诗正体现了这一艺术特色。

【作者简介】赵嘏（约806—约853）字承祐，楚州山阳（今江苏淮安）人。武宗会昌进士，官渭南尉。善七律，笔法清圆，时有警句，有《渭南集》。

〖诗词格律〗曾有古人评此诗有乐府之风，那么什么是乐府呢？乐府，本指古代音乐官署。起于西汉，至武帝时开始建立乐府。掌管朝会宴飨、道路游行时所用的音乐，兼采民间诗歌和乐曲。而作为一种诗体，是用以称魏晋至唐代能入乐的诗歌和后人仿效乐府古题的作品。宋元以后的词、散曲和剧目，因配合了音乐，也可称为乐府。

汉魏以下的乐府诗，题名为"歌"和"行"的颇多，遂有"歌行"一体。其音节、格律，一般比较自由，形式采用五言、七言、杂言的古体，富于变化。此诗押上平声七虞韵。

美人蕉

红蕉花——唐·李绅

红蕉花样炎方识，瘴水溪边色最深。

叶满丛深殷似火，不唯烧眼更烧心。

【花谱】美人蕉别名红蕉、兰蕉、破血红、虎头蕉。美人蕉科，美人蕉属。多年生草本。其茎干直立，株高 1～2 米。叶质厚而长椭圆形，长 30 至 40 厘米。枝顶四季开花，花开鲜红色。美人蕉花叶都很美，常栽培于大型花坛上，花开时一片火红，呈现出热闹、活跃的景象。也可盆栽或散植于路边林下，亦可扎制成手花迎宾访友，很受人们喜爱。

美人蕉的花可为止血药，美人蕉合剂可治急性传染性肝炎。其茎、叶还能做造纸原料。

美人蕉有两个美丽的传说。其一是：楚汉相争，四面楚歌，虞姬拔剑自刎，楚霸王亦拔剑自刎，随身的金鞭插入地下，生长成霸王鞭；虞姬香魂不散，追随至乌江边，见到夫君化成的霸王鞭，随即化作美人蕉常伴霸王鞭身旁，日夜伴随着深爱的夫君。

另一传说是：天庭里几位耐不住寂寞的仙女，偷出宫廷，仙女们按下云头，正好落在河畔，她们划船玩耍，又唱又笑。仙女们情不自禁，解去外衣，一个个跳进潭中，追逐戏水。天已亮了，仙女们回不了天庭，遂化成亭亭玉立的美人蕉，仿佛永远微笑着迎接四方来客。

美人蕉这个名字，在唐以前是没有的，人们叫它红蕉。后晚唐诗人罗隐写诗道："芭蕉叶叶扬瑶空，丹萼高攀映日红。一似美人春睡起，绛唇翠袖舞东风。"于是，红蕉便被"美人蕉"所代替了。

【诗词赏析】这首诗以平易贴切的语言吟咏出了美人蕉的热情、兴旺、活跃与亲切的灵性。"红蕉花样炎方识，瘴水溪边色最深"，是说美人蕉的丽姿，要在阳光充足的地方，才能被人们认识和欣赏；特别是在湿润多雨的溪边，花的颜色则会更加浓烈。"瘴"，是湿热蒸郁之意，不作"瘴气"解。诗人以平常如白话的两句诗，道出了美人蕉的生长特性：喜高温与肥沃且排水较好的南国地带。

"叶满丛深殷似火"，写的是美人蕉的姣好的外貌与热情的灵性。它绿叶繁茂，红花簇簇层层地缀满枝头；它殷勤热切得如同熊熊燃烧的烈火。着一"殷"字，便将红蕉花赋予了美人的个性，具有火热的情怀、坦诚的心意。

"不唯烧眼更烧心"，承接出句"殷似火"的比喻，写美人蕉开得炽烈，像一团团喷涌着情感的火焰，越烧越旺盛，不仅给人以悦目的美感享受，更令人感到心灵上强烈的震撼。

美人蕉，像一个大胆、热情、纯洁的姑娘，两颊红润，那含情的目光像爱的火焰，叫你怦怦心跳！真是不但让你"烧眼"，更让你"烧心"！诗人以拟人的手法，将花当人来写，深情地表现了美人蕉的姿态和感情，直白如话的语言表达了诗人对红蕉花的喜爱、艳羡。

【作者简介】李绅（772—846）字公垂，无锡（今属江苏）人。元和进士，曾因触怒权贵下狱。武宗时拜相，出为淮南节度使。与元稹、白居易交游密切，他不仅是中唐时期新乐府的倡导者之一，而且是写新

乐府的最早实践者。有《乐府新题》二十首，却已失传。《全唐诗》录其诗三卷。

〖诗词格律〗李绅的这首诗，整个看起来写得平平，很直白，然而却非常贴切。在声韵上，他采用不拘平仄的古绝形式，既抒写自由，同时也使诗表现出一种简朴明快的风格。

红蕉——唐·柳宗元

晚英值穷节，绿润含朱光。

以兹正阳色，窈窕凌清霜。

远物世所重，旅人心独伤。

回晖眺林际，戚戚无遗芳。

【诗词赏析】美人蕉，南国的美人。它婀娜的身影不时出现于古人的诗歌中。它真若美人春睡吗？不，它并非娇弱女子，而是女中豪杰，满身英气。它花期长，自夏而秋，芳容长驻；哪怕寒霜侵扰，仍自红颜不改。

诗人柳宗元此刻见到的红蕉就是。它一直到晚秋时节，依然叶绿花红，那鲜绿宽大的叶片时时呈现出生机勃勃的状态，被绿叶护卫着的大红花，还保持着夏初时的光芒。柳宗元是个具有远大抱负的进步诗人，早年他参加了以王叔文为首的"永贞革新"，积极进行政治改革活动。不幸失败，先后被贬至永州、柳州。

此刻，他见到红蕉，情难自抑地将它引为知己，赞叹道："晚英值穷节，绿润含朱光。以兹正阳色，窈窕凌清霜。"这前四句诗借红蕉的形象，抒发自己深沉的激愤和无穷的感慨，以及始终如一的坚强意志。

后四句"远物世所重，旅人心独伤。回晖眺林际，戚戚无遗芳"，"远物"，当指红蕉，因它产于南方，远离当时的京城长安。"世所重"，被世人珍重。"旅人"，诗人自身。"回晖"，夕阳的余晖。"戚戚"，忧伤。"遗芳"，没有凋谢的花朵。这四句诗描写红蕉在夕阳残照中独立，虽然坚贞不屈可是又难掩那种孤独和悲凉之情绪。这与诗人所写的五绝《江雪》"孤舟蓑笠翁，独钓寒江雪"表现的意境是吻合的。

全诗见不到美人蕉的柔弱形象，只有花本质的内在个性。

【作者简介】柳宗元，见前《戏题阶前芍药》篇。

〖诗词格律〗这是一首五言古诗，可以看出它受到律诗的影响。这首诗的部分联语还用了对偶，有助于形象的深化。此诗八句四韵，押下平声七阳韵。

李花

李花—唐·李商隐

李径独来数，愁情相与悬。

自明无月夜，强笑欲风天。

减粉与园籍，分香沾渚莲。

徐妃久已嫁，犹自玉为钿。

【花谱】李花，蔷薇科，落叶灌木或小乔木。叶长椭圆形，边缘有锯齿，花开白色，花先叶放，果实圆形。常见的果实品种有玉皇李和红李子等。玉皇李果黄色，大而甜，是优良品种；红李子，小而酸，近于野生种。果皮紫红、青绿或黄绿，果肉暗黄或绿色，近核部呈紫红色。果味甜，生食或制蜜饯；果仁、根皮可供药用。李树开花时，浓艳璀璨，好像积雪压满枝头，常作为庭园、宅旁、村庄或风景区的绿化行道树木。

【诗词赏析】李商隐的这首咏李花诗，不仅体物工整、摹写入微，更借园中李花的零落，倾吐出自身在遭受排挤打击时，他内心的忧虑和悲愤。

首联"李径独来数，愁情相与悬"，数，数次、频繁的意思。诗人独自来到庭园，徘徊在李树下的小径上，有许多回了；之所以多次流连，是因为心中的愁思与李花的命运相通，又怎不叫人牵挂呢！"独来"，映衬着诗人在牛李党争中备受冷落的孤凄之情；"相与"，点明李花与诗人在"愁情"上是共通的，物我相融，诗人托花自况。而"愁情"，却正是全诗的感情基调。李商隐生活的年代，"牛李党争"激烈，他因娶李党王茂元之女而得罪牛党的令狐绹，成了一个可悲的牺牲品，长期遭到排抑，因而仕途潦倒。

颔联"自明无月夜，强笑欲风天"，在没有明月朗星的黑夜里，李花却闪耀着晶莹洁白的光辉，这就是"自明无月夜"的意思。此句看来出自韩愈的《李花赠张十一署》诗："白花倒烛天夜明，群鸡惊鸣官吏起。"（无数洁白的李花把夜空照得通明透亮，群鸡惊觉而啼，官吏们纷纷起床，准备上朝了。）"强笑欲风天"，则写的是，在那即将刮起摧残花朵的大风天气里，李花强作笑脸，准备做宁为玉碎、不作瓦全的牺牲了。"无月夜""欲风天"，是李花所面临的艰苦环境，也是这位姓李字义山的诗人所身处黑暗的倾轧的官场之真切写照；然而，李花尚能"自明"，尚能"强笑"，诗人呢，宁可做悲惨的牺牲品，也不愿俯首低眉、翻改初衷。李花的品格与诗人的人格是息息相通的。

颈联"减粉与园箨，分香沾渚莲"，此二句写李花在狂风的打击下零落了。"欲风天"之后，终于卷来肆虐逞凶的强风，刹那间，只见粉白的花瓣飘落到了园中的笋壳上，芬芳的香气浸入水中的莲花里。满园李花顷刻之间"零落成泥碾作尘"了。此时，诗人的笔端倾吐着多少幽怨！读到此，仿佛看到诗人满面"愁情"，心头泪滴。句中之"箨"（tuò），指竹笋上那一层一层的皮壳。

尾联"徐妃久已嫁，犹自玉为钿"，以"徐妃"典比李花，零落的李花连徐妃都不如：徐妃嫁给梁元帝之后，还能够用白玉制成花饰戴在头上 —— 诗人说到这里，便戛然而止。那么，没有说完或者不必说完的意思是什么呢？读者大可想象，其意明朗不过：如此素雅娇妍的李花竟不能在树枝上留下几朵白花，也给自己妆饰一下！那是因为李花已零落殆尽了！徐妃，指梁元帝妃徐氏，《南史·梁元帝徐妃传下》："徐娘虽老，犹尚多情。"后世因此称尚有风韵的中年女性为"徐娘"。

全诗描写李花的情状和命运，以眼前景和自身感融合在一体，令人读来唏嘘感叹。

【作者简介】李商隐，见前《牡丹》篇。

〖诗词格律〗这是一首五律诗。此诗朴素洗练，但深情绵邈。中间二联采用宽对，以层层推进、步步加深的写法，吐露凄凉落寞的情怀和难言的自身感受之痛。诗在愤激之中，寓有深讽；从与李花命运相通之中，传达出诗人复杂的相怜情感，表现了诗人李商隐高度凝练的艺术功力。

李花—宋·朱淑真

小小琼英舒嫩白，未饶深紫与轻红。

无言路侧谁知味？惟有寻芳蝶与蜂。

【诗词赏析】宋代女诗人朱淑真以女性特有的幽深细腻的笔触，将她的感慨寄寓于吟咏对象，这首咏李花诗正是如此。

前二句"小小琼英舒嫩白，未饶深紫与轻红"，"琼英"，本指美玉；舒，舒展，开放。当春天来到时，在春风的微拂和春雨滋润下，已是遍地百卉斗艳，浓妆艳抹，而小而洁白如美玉的李花并不比那些姹紫嫣红的花朵逊色，它独自从容地开放着。这里，女诗人以李花自喻，表达着她高洁自信的品性：我行我素、孤芳自赏的清远志趣，就像伫立在春天独树一帜、决不自惭形秽的李花一般高尚。

后二句"无言路侧谁知味？惟有寻芳蝶与蜂"，"无言"，典出"桃李不言，下自成蹊"，本意是比喻实至名归，尚事实不尚虚名。《汉书·李广传赞》："李将军恂恂如鄙人，口不能出辞，及死之日，天下知与不知，皆为流涕，彼其中心诚信于士大夫也；谚曰：'桃李不言，下自成蹊。'此言虽小，可以喻大。"女诗人在此反用古谚，自是不难体味。她想说，如果李树之下，真有一条蹊径的话，那蹊径并不是被游客踏出，而是被寻芳而来的蝶和蜂踩成！这二句诗，便深深地寄寓着女诗人知音难觅和怀才不遇的忧伤之感。

【作者简介】朱淑真，号幽栖居士，宋代女诗人，为唐宋以来留存作品最多的女作家之一。南宋初年时在世，祖籍歙州（治今安徽歙县），《四库全书》中定其为"浙中海宁人"，一说浙江钱塘（今浙江杭州）人。生于仕宦之家。夫为文法小吏，因志趣不合，夫妻不睦，终抑郁早逝。

又传淑真过世后，父母将其生前文稿付之一炬。能画，通音律。亦能诗，词多幽怨。现存《断肠集》《断肠词》。

〖**诗词格律**〗这是一首咏物自喻的七绝诗，在艺术上颇具特色。在韵律上用的是仄起不入韵式的写法，即首句第二字为仄声。首句不押韵，四句二十八字，韵律严谨，二、四句押上平声一东韵。

杏花

杏园—唐·杜牧

夜来微雨洗芳尘，公子骅骝步贴匀。
莫怪杏园憔悴去，满城多少插花人。

【花谱】杏，别名甜梅，蔷薇科，落叶乔木。树龄长，株高 3～9 米，可活一百年以上。叶阔卵形或圆卵形，边缘有钝锯齿。初夏成熟。花开单生或 2～3 个同生，淡红色。果实味甜多汁。果实除供生食外可制成杏干、杏脯等。杏仁可食用、榨油与药用。

花供观赏。杏花开时，有若一片云霞，艳丽繁花，在仲春时节姿态万千。常在庭院里成片培植；或傍水依墙而植。

杏花在我国有两三千年的历史。杏花还有一个特点，即变色，它含苞时纯红，花开后逐渐变淡，到花落时就变成纯白色了。宋代诗人杨万里曾写诗歌咏："道白非真白，言红不若红；请君红白外，别眼看天工。"

孔子特别喜爱杏花，"坐乎杏坛之上，弟子读书，孔子弦歌鼓琴。"后人因而称教馆为杏坛。

【诗词赏析】杏园，位于长安城南朱雀桥之东。唐太宗时起，凡进士放榜后，得中的就可以去杏园畅游饮宴。杜牧的这首诗，就是中进士后的游园之作。

晚唐诗人杜牧善于选取清新明朗的景物来抒写他的情怀，创造出情景交融的优美诗境。"夜来微雨洗芳尘"，写经过一夜小小的春雨，杏花上的尘埃被冲洗得干干净净。但"尘"却冠以"芳"，花上的尘埃都熏染上了芬芳的幽香，让人顿觉杏花的可爱。

文人中了举，自然要"打马游街"，"公子骅骝步贴匀"，那些进士和众多的富家公子纷纷骑着装饰华丽的马去杏园春游。一路上，徜徉在旖旎的春光之中，悠然自在地赶去观赏春雨后的杏花。此时，杏花盛开，红白相间，幽香扑鼻，游园者陶然自得。

可是，第三句却突然宕开一笔，使全诗顿生波澜："莫怪杏园憔悴去。""微雨洗芳尘"的杏花本当更加艳美，却倏然"憔悴"了。这一句是写众多游人在赏过杏花后归去的情景。这是为什么？

结句"满城多少插花人"，原来如此！是那些游客在尽情观赏杏花之后，竟然纷纷采摘花朵，插在发髻上，而后驱马归家。于是，那满园的杏花才憔悴飘零。爱美却摧残美，第四句隐隐表露出诗人因杏花遭难而产生的慨叹沉重的哀怨。

【作者简介】杜牧（803—853）字牧之，京兆万年（今陕西西安）人。世人为区别于杜甫，又称之为"小杜"。杜牧是晚唐杰出的诗人与散文家。诗学杜甫，长于律、绝，与李商隐齐名，时号"小李杜"。他好读书，善论兵，曾注《孙子》。诗文除外，书法、绘画皆有相当造诣。有《樊川文集》。

〖诗词格律〗这首小诗层次分明，因果浑然天成。写杏花的"芳尘"与"憔悴"，一盛一衰，对比鲜明，可转折跌宕有致。全诗不见牢骚，但终让人感到有一股怨气，妙在这弦外之音。全诗无难字，不用典，朴素自然，寓意含蓄，是唐人绝句中的佳作。

游园不值—宋·叶绍翁

应怜屐齿印苍苔，小扣柴扉久不开。

春色满园关不住，一枝红杏出墙来。

【诗词赏析】叶绍翁的这首诗是古今传诵的佳作。诗题中的"不值"，意思是不遇，未遇到要拜访的主人。

前二句"应怜屐齿印苍苔，小扣柴扉久不开"，写诗人于早春时节来到一开满杏花的庭园，欲进园内观赏，可是主人不在（也或者是有意不应），敲门而久不开，诗人不免感到扫兴。"屐齿"， 屐，指一种木底鞋，鞋底下两头有铁齿，便于走泥路。木屐踩踏在翠绿的苔藓上，就会留下深深的印痕。因此，诗人能理解并尊重主人因惜花而谢绝来访者观赏园内杏花的心情，并不恼怒，所以用"小扣"一词。

诗人不得入园，当然有些遗憾，他只能在园外绕墙流连。诗人意外地发现，"春色满园关不住，一枝红杏出墙来"。那一枝伸出高墙外的红杏，让诗人想到了高墙内定是红杏盛开，满园春色了。柴门、樊篱也禁锢不住生机勃发的春杏，人为的约束阻遏不了顽强的生命力。诗人如果得以顺利进入园中，看到满园红杏，那一览无余的景色也就索然无味了，不是吗？

"一枝红杏出墙来"是千古传诵的佳句。不过，这句诗早在唐代吴融《途中见杏花》就已出现了，该诗中第一句便是"一枝红杏出墙头"。早于叶绍翁几十年的陆游《马上作》诗中也有"杨柳不遮春色断，一枝红杏出墙头"之句。显然，叶绍翁这句诗是从前人手中借来的。但叶诗在其意境上有着更新的突破，其内蕴和韵味比吴、陆诗更丰富。此一句前加上一句"春色满园关不住"，寄寓着深刻的哲理和精神的激励：一切美好的、积极的事物，都有着顽强的生命力，任何人为的阻挡都是逆势而为。

【作者简介】 叶绍翁（1194—？）字嗣宗，号靖逸，建安（今福建建瓯）人。其诗多取材于农村或底层人民的生活。诗的风格清新俊逸，极富童趣，诗以七绝成就最高。有《四朝闻见录》《靖逸小集》。

〖**诗词格律**〗叶绍翁的诗属江湖派，以七绝见长，极具意趣。这首七绝诗在第三句转折，进入耐人咀味的美好的哲理境界，美好的寓意化为生动的形象。

所谓"江湖派"，南宋书商陈起曾刊行《江湖集》《中兴江湖集》等诗歌总集，收戴复古、刘过、叶绍翁等多家作品，后遂称其中所收作家为江湖派，这些作家大多在政治上地位不高，浪迹江湖，但各人作品的思想、风格以及艺术成就，并不相同。

点绛唇—宋·赵鼎

　　香冷金炉，梦回鸳帐余香嫩。更无人问，一枕江南恨。

　　消瘦休文，顿觉春衫褪。清明近，杏花吹尽，薄暮东风紧。

【诗词赏析】赵鼎，南宋大臣。他曾荐用岳飞收复重镇襄阳。后被秦桧胁迫不已，他心知秦桧定加害于他，于是绝食而卒。他也是一位坚持抗金报宋的爱国词人。这首词写在清明之际杏花凋零的时节。

　　词人赵鼎生活在宋神宗元丰年间至宋高宗绍兴年间，已经官至尚书左仆射，同中书门下平章事兼枢密使，但因不满秦桧的投降路线，被罢谪岭南之泉州、漳州及潮州等地。这首词正写于被贬谪到当时的蛮荒之地后，心情孤寂落寞的时候。

　　此词的上片写半夜愁苦。那天半夜时分，词人刚从噩梦中惊醒，"香冷金炉，梦回鸳帐余香嫩"，但见室内铜炉里的香料已经燃尽，仅仅几缕余烟尚在散发出淡薄的香气；自己在帐中惊醒，还感到阵阵的凉意袭来。室内燃香，是因为此地多瘴气，才燃点艾草、沉香之类的香料以驱除污邪。

　　噩梦醒来，思绪万端。"更无人问，一枕江南恨。"当时词人尚在壮年，却奔亡异乡，栖泊无定，朝廷不再问起，也无亲朋探视，倍增孤独与思乡情绪；尤其是大宋江山遭受外族侵略，整个北方沦于敌手，而南宋朝廷偏安东南一隅，家国残破，前路渺茫，自己壮志难酬，这种个人命运与家园不幸的双重痛苦，何其深沉！

下片借杏花的萎谢再次抒发报国无门的愤恨心情。"消瘦休文，顿觉春衫褪。清明近，杏花吹尽，薄暮东风紧。"天近黎明，词人睡意已无，对镜梳洗，发觉衣服宽大空荡，原来是自己正日渐消瘦。身形憔悴，还打扮何用！"休文"，无须打扮的意思。此刻，词人无意中见到庭院中的杏花正片片坠落，傍晚的东风一阵阵紧吹。哦，又近清明时节了。清明，正是"欲断魂"的悲苦时候；"薄暮"，意味着黯黑、凄苦的煎熬岁月，还不知何时是尽头！

整首词只在结尾处提到一下杏花，但以情景发端，用笔轻淡，寄寓家国之痛，其表露的豪放之情，读来仍是极令人动容的。

【作者简介】赵鼎（1085—1147），字元镇，解州闻喜（今属山西）人。宋徽宗崇宁五年举进士。南渡后，于绍兴初年两度任宰相。宋金议和时，与秦桧意见不合，被罢谪岭南。赵鼎知桧定欲加害，晚年绝食而死。孝宗朝，谥忠简。其词风疏朗豪健。有《忠正德文集》。

〖诗词格律〗《点绛唇》此调因梁江淹《咏美人春游》诗中有"白雪凝琼貌，明珠点绛唇"句而取名。又名《点樱桃》《十八香》《南浦月》《沙头雨》《寻瑶草》《万年春》等。全词四十一字。上片四句，从第二句起用三仄韵；下片五句，也从第二句起用四仄韵。不要求对仗。《点绛唇》词谱（双调 41 字，上片三仄韵，下片四仄韵。）：

⊙仄平平，⊙平⊙仄平平仄。仄平平仄，⊙仄平平仄。

⊙仄平平，⊙仄平平仄。平平仄，仄平平仄，⊙仄平平仄。

（有圆圈者表示平仄均可。短横线表示韵脚。）

和梅圣俞杏花—宋·欧阳修

谁道梅花早，残年岂是春！

何如艳风日，独自占芳辰。

【诗词赏析】梅圣俞，是北宋著名诗人梅尧臣，字圣俞。这首诗是欧阳修与梅尧臣的唱和之作。那么，梅圣俞的原诗是怎样写的呢？诗的题目是《初见杏花》，诗云："不待春风遍，烟林独早开。浅红欺醉粉，肯信有江梅。"意思是说：春风还没有吹遍大地之时，树林里就有杏花独自早早地开放了；那一片片浅红和醉粉色交相掩映，人们却可能相信这是江边的早梅。

于是，才有了欧阳修的和诗。"谁道梅花早"，看来，欧阳修并不特别欣赏梅花，对梅花的"早"提出了大胆的质疑。古人都盛赞梅开得"早"。如唐代张谓就有《早梅》一诗"一树寒梅白玉条，迥临林村傍溪桥"；唐齐己有诗《早梅》"前村深雪里，昨夜一枝开"；宋杨万里《梅花下小饮》"今年春在腊梅前，怪底空山早见梅"，这些诗句都写了梅花的"早"开。然而，欧阳修却大唱反调，而且，理由还十分充足。

于是，紧接第二句："残年岂是春！"因为梅花是开在冬天之末。一年有四季，春夏秋冬，冬在最末，那不是"残年"又是什么？"残年"怎么是"春"呢？这可不是"抬杠"，这说的是无可争辩的事实，谁都难以反驳。

诗人欧阳修立马转入正说："何如艳风日，独自占芳辰。"梅尧臣的原诗就是写杏花之初见，故和诗当然要应和原诗之意。何况，欧阳修本就喜欢杏花，于是大大褒扬杏花了。用一个"何如"，就将全诗融合成一个统一的意境，并对杏花的艳丽和特色欣喜地表露出来。是杏花，而不是梅花，独自盛开在美好的春日，受到人们的喜爱和欣赏，更得到诗人的高度评价。

【作者简介】欧阳修，见前《渔家傲·荷花》篇。

〖诗词格律〗通过这首五言绝句，我们说一说什么叫诗的唱和。唱和（hè），亦作"唱酬""酬唱"。这是指作诗与别人相酬和。唱和，大致有这几种方式：一、和诗，只作诗酬和回复，不用被和诗的原韵；二、依韵，亦称同韵，各诗与被和诗同属一韵，但不必用其原韵；三、用韵，即用原诗韵的字而不必顺其次序；四、次韵，亦称步韵，即用其原韵原字，且先后次序都须相同。欧阳修的这首诗就只是"和诗"，不须管梅的原诗用的什么韵。

桃花

江畔独步寻花七绝句（其五）—唐·杜甫

黄师塔前江水东，春光懒困倚微风。

桃花一簇开无主，可爱深红爱浅红。

【花谱】桃，蔷薇科。落叶小乔木，株高4～8米，树龄为20～50年。我国栽培普遍，一般4～8年便进入果盛期。桃树叶为卵状或矩圆状；花先叶开放，有淡红、深红或白色。果实卵球形，果肉多汁，果核表面有沟孔和皱纹。但观赏桃花品种是不结果实的，或不能结正常种子。

根据桃的果实品质和花、叶的观赏价值可分为食用桃与观赏桃两大类。常见的观赏桃变种有白桃、碧桃、绛桃、红碧桃、寿星桃、紫叶桃等十余种之多。

桃花是我国传统的园林花木。"桃之夭夭，灼灼其华"，它早春盛开时，绚丽妖媚，极受人们喜爱，常表现于诗画之中。

古人常把桃、李比喻成弟子、学生，用"桃李满天下"比喻学生很多。人们也由桃花想起晋代陶渊明的《桃花源记》。因此，湖南桃源县的桃花源、黄山的桃花峰、苏州的桃花坞、华盖山的桃花圃，都是久负盛名的桃花胜境。

【诗词赏析】诗人杜甫于唐代上元元年（760 年）时，居成都西郊草堂。他在饱经离乱之后，此时有了短暂的安身处所，不免有些欣慰。诗人便在春暖花开的季节，独自沿江边散步，见景生情，一连作成绝句诗七首，这是其中专写桃花的第五首。

"黄师塔前江水东"。"黄师塔"，是一座和尚坟，此地人稀地僻，有条江水东流。首句点明了桃花盛开的位置——一个幽静闲适的处所。

"春光懒困倚微风"。此句描摹桃花盛开时的情态。桃花在春光明媚、煦日熏风下，也被陶醉得困倦懒散，诗人见此情景，顿觉身体酥软了，只得在微风中倚杖歇息。美景历历在目，桃花芬芳鲜妍，漫步流连，还不如歇息一下赏心悦目，好好享受这无限的美感。

"桃花一簇开无主"。那成片成簇的桃花竞相开放，争奇斗艳，可是它们也感到寂寞，因为置身荒野，少有人来观赏。这里隐隐表露出诗人惜花的淡淡忧思。

"可爱深红爱浅红。"由忧思升华到喜爱，诗人不禁自问起来：这一簇簇鲜艳的桃花，我是爱那深红色的，还是爱那浅红色的呢？它们都很美丽呀！

此诗写到这里便戛然而止，诗人的自问谁能回答？三百年后的苏轼以诗句"淡妆浓抹总相宜"于无意中做了巧妙而妥帖的解答。想必杜老天堂有知，一定颔首捻须而乐意接受的。

【作者简介】杜甫，见前《江梅》篇。

〖诗词格律〗这首七绝，明白如话。前二句写桃花的处所和情态；后二句写花的特色，且寓情于景。四句平起三韵。清人李重华在《贞一斋诗说》里评论杜甫绝句："杜老七绝……别开异径。独其情怀，最得诗人雅趣。"他说的"别开异径"，是说杜甫在盛唐七绝中走出一条新路，杜甫的七绝确是与众不同。首先，他从内容方面扩展了绝句的领域。一切题材，感时议政，谈艺论文，记身边琐事，凡能表现于其他诗体的，

他能同样用来写入绝句小诗。其次，他的七绝在艺术上，妙绪成趣，读来趣味盎然，如见其人，如闻其声。朴质而雅健，耐人咀嚼不尽。

〖**附录**〗杜甫的《江畔独步寻花七绝句》其他六首绝句：

一、江上被花恼不彻，无处告诉只颠狂。走觅南郊爱酒伴，经旬出饮独空床。（今译：我被江边上的春花弄得十分烦恼，无处诉说只得到处乱走。来到南邻想寻找爱酒的伙伴，谁知床已空，十数天前便已外出饮酒。）

二、稠花乱蕊畏江滨，行步欹危实怕春。诗酒尚堪驱使在，未须料理白头人。（今译：繁花乱蕊像锦绣般裹住江边，脚步踉跄走了进去，心里却害怕春天。不过眼下诗和酒倒听我驱遣，不必为我这白头人有什么心理负担。）

三、江深竹静两三家，多事红花映白花。报答春光知有处，应须美酒送生涯。（今译：深江岸边静竹林中住着两三户人家，撩人的红花映衬着白花。我有地方报答春光的盛意，酒店的琼浆能送走我的年华。）

四、东望少城花满烟，百花高楼更可怜。谁能载酒开金盏，唤取佳人舞绣筵。（今译：见到东城那里鲜花如烟，高高的白花酒楼真解人眼馋。谁能携酒召我前往畅饮，唤来美人欢歌笑语于盛席华筵。）

五、（即本节之诗）

六、黄四娘家花满蹊，千朵万朵压枝低。留连戏蝶时时舞，自在娇莺恰恰啼。（今译：黄四娘家的小路两旁开满了花，万千花朵把树枝都压得低低的了。玩耍的彩蝶留恋不舍不断地飞舞，自由可爱的黄莺自由自在地发出和谐的叫声。）

七、不是爱花即肯死，只恐花尽老相催。繁枝容易纷纷落，嫩蕊商量细细开。（今译：并不是说爱花爱得就要死，只因害怕花谢时老境临头。花到盛时就容易纷纷飘落，嫩蕊啊请你们商量着慢慢地开吧。）

虞美人·碧桃—宋·秦观

碧桃天上栽和露。不是凡花数。乱山深处水潆回。
可惜一枝如画、为谁开。

轻寒细雨情何限，不道春难管。为君沉醉又何妨。
只怕酒醒时候、断人肠。

【花谱】碧桃，桃的变种，蔷薇科，落叶小乔木。叶披针形。春季
开花，重瓣，白色、粉红色至深红，或洒金。原产我国，栽培甚广。多
用嫁接繁殖。可供观赏和药用。《本草纲目·果部》："桃品甚多，其
实有红桃、绯桃、碧桃、缃桃、白桃、乌桃、金桃、银桃、胭脂桃，皆
以色名者也。"

碧桃是园林花木之一，常植于庭院、山坡、水畔及墙边阳光充足之
处，与柳相间，谓之"桃红柳绿"。亦可作盆栽小景。

【诗词赏析】秦观写这首词的缘由，与他同时代杨湜在《古今词话》
中有记载："秦少游寓京师，有贵官延饮，出宠妓碧桃侑觞，劝酒拳拳。
少游领其意，复举觞劝碧桃。贵官云：'碧桃素不善饮。'意不欲少游
强之。碧桃曰：'今日为学士拚了一醉！'引巨觞长饮。少游即席赠《虞
美人》词曰：'碧桃天上栽和露……'"就是说，这是一首赠妓之作。

此女子既与碧桃同名，词人灵感顿生。以双关的寓意妙笔生花："碧
桃天上栽和露。不是凡花数。"上片起句便赞叹"碧桃"天性高贵而雅洁，
不在平凡的花数之列。但是，词人却为她恨恨鸣不平："乱山深处水潆
回。可惜一枝如画、为谁开。"此碧桃不是凡花，却在肮脏的世俗中被
轻视为凡花，它沉沦于乱山深处、污水潆洄之所，居然比凡花更不幸！

在那幽凄孤绝的境地，美艳如画的碧桃为谁而开呢？词人痛惜色艺双绝的碧桃误坠风尘，同时联想起自己在美好的华年，却也怀才不遇、历尽坎坷，真可谓"同是天涯沦落人"啊。词人在心底里既伤碧桃之大不幸，亦自哀己身之委屈；词人胸怀大志，却不为俗世所容，妙龄女子也在尘世受尽凌辱，两心相印，合奏出一阕凄苦幽绝的人世悲歌。

词人是个善解人意的多情才子。他听到碧桃于酒席中说"今日为学士拚了一醉！"便知二人已是灵犀相通。词人心知碧桃为他深深感动了。于是，在下片以物托人，吟咏出了碧桃的内心独白："轻寒细雨情何限，不道春难管。"轻寒细雨好像也有无限的情意。可是无奈春天并不顺遂人意。春将消逝，鲜艳的碧桃花亦将埋骨香冢。凄怆的碧桃女为自己的红颜薄命在内心里沉重叹息伤心之后，"为君沉醉又何妨"，为酬知己，何妨一醉。那一声"为君一醉"，深埋的情感是多么沉痛！然而，"只怕酒醒时候、断人肠"。酣醉之时，尽管能短暂忘却现实中的愁苦，可一旦醒来，世情依旧，只会更加柔肠寸断，百般无奈。此结句，既是碧桃对自己沦落之感的苦痛心声，更是词人自身五内俱焚的辛酸愤懑。多少难以直抒的隐恨心思，尽付与碧桃花和盘倾吐。

【作者简介】秦观（1049—1100）字太虚、少游，号淮海居士，高邮（今属江苏）人。曾任秘书省正字，兼国史院编修官等职。因政治上倾向于旧党，被目为元祐党人，绍圣后与苏轼一同累遭贬谪。元符三年（1100年）受命放还，途经藤州（今广西藤县）时去世。其文辞为苏轼所赏识，与黄庭坚、晁补之、张耒等以"苏门四学士"之名著称于世。工诗词，是婉约派主要词人，内容多写男女情爱，也颇有感伤身世之作。有《淮海居士长短句》三卷。

〖诗词格律〗虞美人，唐教坊曲名。最初是咏项羽所宠的虞姬的，因以为名，以后作一般词牌使用。平仄转换格，双调，五十六字或五十八字，八句。上下片各四句，都是两仄韵转两平韵。上下片平仄韵脚用字都可分属不同韵部。两处歇拍九字句，可以灵活使用不同句式。为小令。

又名《一江春水》《玉壶冰》《巫山十二峰》《宣州竹》《虞美人令》《忆柳曲》等。

二色桃花—宋·邵雍

施朱施粉色俱好，倾国倾城艳不同。

疑是蕊宫双姊妹，一时携手嫁东风。

【诗词赏析】此诗所谓"二色桃花"，乃指红、白二色的桃花，诗人在这里一并写来。固然，历代咏桃花诗甚多，写尽了桃花的红艳纷繁、富丽多姿，将桃花比喻为翩翩下凡的仙子："施朱施粉色俱好，倾国倾城艳不同。"施朱，涂抹红色的胭脂；施粉，涂抹白色的香粉。"倾国倾城"，形容绝色女子。《汉书·孝武李夫人传》："延年侍上起舞，歌曰：'北方有佳人，绝世而独立，一顾倾人城，再顾倾人国……'"这里借以形容桃花美丽无比。其实，首二句将桃花比作美女，本已是陈词滥调，诗句平庸得不能再平庸了。

然而，一经补上第三句、第四句，"疑是蕊宫双姊妹，一时携手嫁东风"，新奇的境界全出矣！原来这二色桃花施朱施粉，貌若倾国倾城的仙女，是要"携手嫁东风"了。"蕊宫"，传说天上有蕊珠宫，是众多女神仙居住的地方。巧用"疑是"进行转折，便化腐朽为神奇，前二句再也不是陈词滥调，牵引出了后二句的新意。

诗人作诗，本就难要求句句珠玑，能有一句出彩之处就不错了。何况此诗中后二句立意新奇、大放异彩呢。全诗情韵旖旎，可语浅而意深，在明白如话的诗句中，令人感受到一种新意而顿觉精神焕发。

【作者简介】邵雍（1011—1077）字尧夫，自号安乐先生，范阳（今属河北）人。妙悟饱学，与司马光、吕公著等从游甚密，很受洛阳名士敬重。朝廷屡次授官，他称疾不赴。精研《周易》，是著名的理学家。有《皇极经世》《伊川击壤集》。

〖**诗词格律**〗这是一首七绝，在韵律上采用平起不入韵式，韵律严谨，二、四句用上平声一东韵。绝句可以不要求对仗，随作者自主。邵雍的这首诗其实做到了对仗：前二句对仗较明显，采用的是宽对；后二句对仗更宽泛，但"疑是"与"一时"是一对同音词，仅声调不同，可吟诵起来铿锵有致，音韵和谐，增添了诗的美感。

题都城南庄——唐·崔护

去年今日此门中，人面桃花相映红。

人面不知何处在，桃花依旧笑春风。

【诗词赏析】古人咏桃花的诗很多，崔护的这首不能不提。倒不是说此诗艺术水平有多高，而是这首诗极富传奇色彩。据唐·孟棨《本事诗·情感》记载：崔护"举进士下第。清明日，独游都城南，得居人庄。一亩之宫，而花木丛萃，寂若无人。叩门久之，有女子自门隙窥之，问曰：'谁耶？'以姓字对，曰：'寻春独行，酒渴求饮。'女入，以杯水至，开门，设床命坐，独倚小桃斜柯伫立，而意属殊厚。妖姿媚态，绰有余妍。……崔辞去，送至门，如不胜情而入，崔亦睇盼而归，嗣后绝不复至。及来岁清明日，忽思之，情不可抑，径往寻之。门墙如故，而已锁扃之，因题诗于左扉曰……"于是，便有了这首诗：去年今日此门中，人面桃花相映红。人面不知何处在（《本事诗》为"去"），桃花依旧笑春风。

是不是真有其事，自可怀疑。但无风不起浪，何况孟棨与崔护是同朝之人。

前二句写的是寻春遇艳。有具体的时间和地点：去年今日，就在此门内外与那美少女相遇。有动人的场景：人面与桃花交相辉映，风流才子与多情少女一见钟情，从此两人再难忘怀。

后二句写的是再寻不遇。春天还是同样的春天，门扉还是那个同样的门扉，但是"人面"却不见了，只有那门前的桃花依旧在春风中脉脉微笑，此情此景，好不恼人！如此情境，无须过多想象，无尽的怅惘已充斥在任何一个有相同或类似经历的人之心中。古往今来，何止千万的人都有过这种人生经历：在不经意中曾经获得某种美好的事物，在以后的回忆中是何等珍贵、美好！再去追寻时，却再难复得。与其说这是一首小小的叙事诗，毋宁说它是一首和万千读者有"通感"的抒情诗吧。通感，正是诗美学的至高境界。

其实，关于此诗的传奇故事并没有完。话说当时崔护见门紧闭，久叩不开，只得在门上题诗后遗憾地走了。可他忘不了那姑娘。过了几日，崔护再去，却听到屋内传出哭声。崔护又急忙敲门，里面出来一位老人，说："你是叫崔护吧？"崔护说："是。"老人说："是你杀了我女儿。我女儿自去年以来，精神恍惚，前些日子从外归来，看到左门上你题的诗，就病倒了，绝食数日便死了。"崔护听了，悲恸不已，冲进门去抱尸大哭，大呼："我崔护在此！我崔护在此呀！"说也奇怪，姑娘竟有所感，瞬间醒了过来。老人大喜，定要把女儿嫁给崔护为妻，崔护自是心满意足，夫妻二人从此远离俗世与官场，怪不得连当时人都不知其生卒年。

【作者简介】崔护（？—831），字殷功，蓝田（今属陕西）人，贞元进士，官至岭南节度使。《全唐诗》仅存诗六首。

〖诗词格律〗前面曾说过，宋诗与唐诗最大的区别在于：唐诗重"象"，宋诗重"意"。这种"寻春遇艳"的事如果让宋人来表现，一定会写成叙事诗的。可唐人不会，唐人只会以抒情的笔触、生动的情景来反映生活中的事理。该小诗用极朴素的语言，明快的情味，抒写这人生中的一种境遇，美好动人的几个镜头，在美景中蕴含天然的风韵。

杨花

水龙吟 次韵章质夫杨花词—宋·苏轼

似花还似非花，也无人惜从教坠。抛家傍路，思量却是、无情有思。萦损柔肠，困酣娇眼，欲开还闭。梦随风万里，寻郎去处，又还被、莺呼起。　　不恨此花飞尽，恨西园、落红难缀。晓来雨过，遗踪何在？一池萍碎。春色三分：二分尘土，一分流水。细看来，不是杨花，点点是离人泪。

【花谱】杨花是杨柳树开的花。杨柳即垂柳，别名小杨，杨柳科，落叶乔木。枝条细长，下垂；叶宽阔。花开白絮状，雌雄异株。花苞片边缘有剪碎状裂片。

杨柳是我国江南平原著名的风景树，常见于池塘边、河堤旁或人行道旁，其摇曳多姿素为人们喜爱：它春天"翠条金穗舞娉婷"，夏日"柳渐成荫万缕斜",秋季"叶叶含烟树树垂",冬来"袅袅千丝带雪飞",四季皆美景动人。

打从《诗经·小雅·采薇》中"昔我往矣,杨柳依依"始,我国便有离别时折柳相赠的风俗;当佛教传入我国后,人们又把杨柳枝看作避邪之物,故有民谚"清明不戴柳,红颜成皓首"。

杨柳生命力极强,随插随活。苏轼在杭州任职时修的苏堤,即成为著名的钱塘十景之一"六桥烟柳",至今苏堤仍翠柳依依。

【诗词赏析】章质夫是苏轼的同僚和好友。他作有咏杨花《水龙吟》原词曰:"燕忙莺懒花残,正堤上杨花飘坠。轻飞点画青林,谁道全无才思。闲趁游丝,静临深院,日长门闭。傍珠帘散漫,垂垂欲下,依前被风扶起。　兰帐玉人睡觉,怪春衣,雪沾琼缀。绣床旋满,香球无数,才圆却碎。时见蜂儿,仰粘轻粉,鱼吹池水。望章台路杳,金鞍游荡,有盈盈泪。"

苏词起笔"似花还似非花",准确地点明杨花的特点。像花又不像花。说它像,因为它叫作杨花,白絮点点,和红桃白李一样,在春光下如烟似雾,共同点缀着春色;说它不像花,它没有桃的红艳,也无桃李的芳香,全不被赏花人所青睐。

"也无人惜从教坠。"杨花因风坠地却无人怜惜,正对应着"非花"之说。但是,正因为"无人惜",恰好反衬出词人内心的怜惜之情。所以才有下句:"抛家傍路,思量却是、无情有思。"真实地描摹出杨花坠地飘落的情状。细细品味此处的用词遣句,这哪是写花呀,分明是在写思念郎君的少妇!词人将杨花人格化了。思量起来,看似"无情",实则"有思"。抛,似无情;傍,却有思,仍旧紧扣"似花还似非花"。

"萦损柔肠,困酣娇眼,欲开还闭。"杨花若思妇,寸寸柔肠备受离别之苦,她那娇美的眼目因失眠而半开半闭。柳条垂曳恰似柔肠:柳叶如睡眼,悱恻哀婉,有若思妇的万种闲愁。

"梦随风万里,寻郎去处,又还被、莺呼起。"既写的是思妇好梦难圆,被啼莺惊梦;亦写的是那离枝的杨花在随风飘荡,起落不定。

于伤感之情境中飘逸，到底是"无情"，还是"有思"呢？真叫人无限幽怨。

词的下片，"不恨此花飞尽，恨西园、落红难缀。"落地的杨花再难回到枝头，向人们告知百卉凋零、春色将尽，引起人们惜春的情绪、叹春的情怀。春将尽，可人未归，好不恨煞人也。

"晓来雨过，遗踪何在？一池萍碎。"春色将逝，加之一夜淅沥的雨水，已不见杨花的踪影，但见一池碎萍，散落在风雨后的池塘水面。古人有杨花入水化为浮萍的说法。哦，原来那白絮点点的杨花已化为满池的碎萍了。

"春色三分：二分尘土，一分流水。"词人以大胆的想象和夸张手法，回答了杨花的遗踪。杨花就是春色，春色分为三分：二分化为尘土，已被"抛家傍路"：一分寄寓于流水。

可是，"细看来，不是杨花，点点是离人泪"。词人将坠落的杨花和怀人的思妇联系起来，杨花和思妇，其命运何其相似。飞花落红，春光逝去；思妇红颜已褪，青春难再。这时候，在词人眼中，杨花变成了离人的泪水。词的收结，乃画龙点睛之笔，令读者流连情景，欣然有悟。

【作者简介】苏轼，见前《海棠》篇。

〖诗词格律〗前面介绍过什么叫和诗。苏东坡的这首词叫次韵之作，是依照章词的原韵，作词答和，连次序也相同的叫"次韵"或"步韵"。次韵是非常难填的，既要用原题材，又要依原韵，如同戴着镣铐跳舞。可苏轼的这首《水龙吟》绝无牵强之感。比章词影响更大，南宋词人张炎称其"压倒古今"。

《水龙吟》调名出自李白诗句"笛奏龙吟水"。此调句读各家不同，《词谱》分立二谱：

一、起句七字、第二句六字，一百零二字。上片十一句四仄韵，下片十一句五仄韵。上下片第九句都是一字豆句法。为长调。

二、起句六字、第二句七字者，一百零二字，上片十一句四仄韵。下片十句五仄韵。后结作九字一句，四字一句。亦为长调。

又名《丰年瑞》《鼓笛慢》《龙吟曲》《小楼连苑》《庄椿岁》《海

天阔处》等。

此调一般气势雄浑，宜用以抒写激奋情思。

苏词向以豪放著称，他是豪放派词风的主要代表。《水龙吟》却写来娓娓动情，非常接近婉约派词风。可见，词人创作并不是定要拘于一格，大可自由挥动斑斓多彩之笔。

凌霄

有木名八首·有木名凌霄—唐·白居易

有木名凌霄，擢秀非孤标。

偶依一株树，遂抽百尺条。

托根附树身，开花寄树梢。

自谓得其势，无因有动摇。

一旦树摧倒，独立暂飘飖。

疾风从东起，吹折不终朝。

朝为拂云花，暮为委地樵。

寄言立身者，勿学柔弱苗。

【花谱】凌霄，别名紫葳、女葳花、陵时花、武葳花、鬼目、凌苕。紫葳科，凌霄属。落叶木质藤本，也可成灌木状。借气根攀援他物上升。树皮淡褐色，叶对生。夏秋 7～8 月开花，花呈冠钟状，花大而鲜艳，鲜红色或橙红色。常栽培在庭园中，适宜依附老树、石壁、墙垣种植，攀援于棚架或篱墙上供人们观赏。有美化、护荫、防尘的功效。花可供药用，其功能有破血去瘀等。多产于我国长江流域及华北等地。

【诗词赏析】这是一首讽喻诗。以凌霄花为喻体，并将它拟人化，最后点明诗中内涵的寓意，使人得到教益。

全诗以三个层次来叙述。第一层前八句，第二层六句，最后二句是第三层。

先看第一层。"有木名凌霄，擢秀非孤标。偶依一株树，遂抽百尺条。托根附树身，开花寄树梢。自谓得其势，无因有动摇"，描述了凌霄花得意时的状态。

"擢秀"，指抽条开花；"孤标"，指独立的树梢。这种叫凌霄的花，别看它抽条开花那样茂盛，它不过是偶然间靠近别的树干，把根附在别的树身上，借别的树梢来开花。它还自以为有了靠山，没有什么力量来动摇它。自然界中的凌霄花，本就具有这种寄生的生态特点，诗人在这里借题发挥，既拟人化地写出凌霄花的依赖性，亦写出其自鸣得意的心理活动，对那些仰仗别人势力而不可一世的人，诗人进行了从外至内、入木三分的形象刻画。

再看诗的第二层。中间六句"一旦树摧倒，独立暂飘飘。疾风从东起，吹折不终朝。朝为拂云花，暮为委地樵"，叙述凌霄花终因树倒而被风吹折的下场。别的树一旦倒了，凌霄花也突然摇晃起来，大风吹来，不到一个早晨，凌霄花便被吹折了，晚上就成为坠地的枯枝败叶。"暂"，作猝然解；"樵"，作木柴解。"朝"对应"暮"，"拂云"对应"委地"，表现出凌霄花的繁茂十分短促，变化迅速，从高高的云天倏然跌落地面，从花枝变成柴棒，其命运悲惨而可笑。

出于讽喻的目的，诗人在最后二句即第三个层次写出总括性的议论："寄言立身者，勿学柔弱苗。"诗人劝诫那些踏入社会（或出入官场）

的人，要有自己的独立人格与尊严。不可企图依附权势爬上高位从而狐假虎威、仗势欺人，不要学那柔弱的凌霄花。

即使在当代，年轻人仍以不学凌霄花来激励自己。现代女诗人舒婷在《致橡树》诗的开始便写道："我如果爱你／绝不像攀缘的凌霄花／借你的高枝／炫耀自己……"

当然，作为自然界物种中的凌霄花，它能有什么过错呢？凌霄本是庭院中花架、花门良好的绿化遮阴材料，在城市的高层建筑旁如果种植凌霄攀附，则可收到美化、遮阴、防尘的功效，它本是有功于人的。诗人只不过是借物喻理，这首诗立意显明，状物精当，给千百年来的后人在立身处世上以有益的启示。

【作者简介】白居易，见前《喜山石榴花开》篇。

〖诗词格律〗这是一首五言排律诗。首、末二联不对仗，中间各联的上、下句均对仗工整。白诗的长处就是不假雕饰，浑然天成。语言浅近，层次清楚，体现着白诗特有的通俗平易的艺术风格。

减字木兰花—宋·苏轼

双龙对起，白甲苍髯烟雨里。疏影微香，
下有幽人昼梦长。

湖风清软，双鹊飞来争噪晚。翠飐红轻，
时下凌霄百尺英。

【诗词赏析】宋神宗熙宁四年（1071 年）苏轼外任杭州通判之时，
与住在钱塘西湖边藏春坞名叫清顺的诗僧时有往来。某天，清顺正在坞
边门前的两棵古松树下闭目养神，一阵湖风吹拂，缠绕在松树上的凌霄
花纷纷落下。正巧苏轼前来拜访，清顺手指落花请苏轼即景赋诗。这对
苏轼来说易如反掌，于是，他不假思索地写下了这阕《减字木兰花》词。

上片起二句"双龙对起，白甲苍髯烟雨里"。"双龙"自是指寺前
两株古松；"白甲苍髯烟雨"，描写古松苍翠朦胧，宛若烟雨缭绕。接
二句"疏影微香，下有幽人昼梦长"。"疏影微香"，如此幽静清雅的
氛围，才是"幽人"闭目养神、打坐参禅的绝妙去处。"幽人"，当指
诗僧清顺，幽隐之人嘛。

上片写的是刚刚目睹的静态之景，下片则全是动态之景了。"湖
风清软，双鹊飞来争噪晚。翠飐红轻，时下凌霄百尺英。"请看，
"飞""噪""飐""坠"四个动词，眼前的景象，静中有动，动中呈雅。
沁人心脾的柔弱的湖风吹拂过来，一对对鹊鸟跃上枝头啼噪；翠绿的树
叶儿颤动，鲜红的凌霄花瓣从百尺高的古松上悠悠地飘落，佛门圣地的
景象妙不可言！

此小令表面看起来清新、幽远，似乎悠闲自得，但细品下片"时下凌霄百尺英"之句，叫人感到苏轼内心深藏的失意之情。熙宁三年（1070年）王安石秉政，大力推行新法。苏轼直言不讳批评新法，引起当道的不满。那时，才三十三岁的苏轼深感仕途险恶，主动请求外任，于是获得了杭州通判的任命。凌霄一坠百尺，如同苏轼失意时被贬谪。从来的诗人不作无病之呻吟，总是有感而发。无疑，此词蕴含甚深，有弦外之音、题外之旨。

【作者简介】苏轼，见前《海棠》篇。

〖诗词格律〗《木兰花令》始于韦庄，是五十五字仄韵体。南唐冯延巳制《偷声木兰花》，五十字，八句，前后片起句仍作七言仄韵，结处乃偷平声作四字一句、七字一句，从此才有两仄两平四换韵体。《减字木兰花》是就《偷声木兰花》上下两片起各减三字而成。双调，四十四字，上下片各四句，两仄韵转两平韵。

《减字木兰花》词谱：平平仄仄，仄仄平平平仄仄。仄仄平平（换平韵），仄仄平平仄仄平。　　平平仄仄（三换仄韵），仄仄平平平仄仄。仄仄平平（四换平韵），仄仄平平仄仄平。

（有圆圈者表示平仄均可。短横线表示韵脚。）

辛夷

辛夷坞—唐·王维

木末芙蓉花，山中发红萼。

涧户寂无人，纷纷开且落。

【花谱】辛夷别名木笔、辛雉、侯桃、迎春、房木。木兰科。落叶小乔木或灌木，株高 5 米。李时珍谓辛夷"紫苞红焰，作莲及兰花香，亦有白色者，人又呼为'玉兰'"。故现时又多以辛夷为木兰的别称。

辛夷在早春时先叶开花。辛夷花形极像莲花且小如酒盏，正面色淡而微红，背面色深而紫，所以李时珍才说"紫苞红焰"，并说其花兼有莲、兰之香。干后的辛夷可入药，性温、味辛，功能有散风寒、通鼻窍等。

辛夷是我国古老的著名花卉。屈原在《九歌》中咏叹"辛夷楣兮药房""辛夷车兮结桂旗"；也在《涉江》中提及"露申辛夷，死林薄兮"。屈原是以辛夷自比表现自身的高洁；而其后历代文人纷纷在诗篇中吟诵辛夷。

【诗词赏析】诗人王维在屡经仕途坎坷后，深感朝政日非，便动了归隐之意。他承袭屈原自比辛夷之高意，就在长安附近的蓝田辋川建了一幢别墅，还在房子四周种植了许多辛夷，取名曰"辛夷坞"，与诗友裴迪等人"浮舟往来，弹琴赋诗，啸咏终日"。（《旧唐书·王维传》）这首五绝选自《辋川集》20 首中第 18 首。诗题中的"坞"，指四面高中间低的山地。

起二句"木末芙蓉花，山中发红萼"看似平淡，实如淡淡的水墨画，三两笔便勾勒出辛夷花开时的形和色：辛夷在和煦的春风里，绽放着像荷花一样的紫红色的花蕾，它悄悄地开在山中，红光熠熠，生机盎然。诗人王维是盛唐山水诗的代表人物，他酷爱大自然 —— 其写景之作品独步天下。苏轼曾赞道："味摩诘之诗，诗中有画；观摩诘之画，画中有诗。"（《东坡志林》）

后二句"涧户寂无人，纷纷开且落"。此二句则看似突兀。辛夷花刚刚开放，为何在瞬间就纷纷坠地呢？"涧户"，指如同山间深崖的门户。看来，辛夷花是很通人性的。它满怀喜悦来到人间，竟然发觉遍山荒寂无人时，顿时深感失望、沮丧，于是像遭遇到暴风骤雨，纷纷凋败飘落。

辛夷花开得艳丽，落地凄寂。这是一种不露声色的动态描写，正衬托出山坞中的静谧。而全诗的境界，也是空灵、静寂的，正反映出诗人一种心如止水的情感。怪不得明代胡应麟在《诗薮》中评价此诗"读之身世两忘，万念皆寂"。

其实，在诗人王维心中，"多情也恨无人赏"（杨万里诗句）。他此刻写辛夷花生非其地无人欣赏，正是暗喻着盛唐时期虽人才济济但自己命运乖蹇，怀才不遇，王维与裴迪、孟浩然均是一生不得志，"纷纷开且落"地终其一生。

【作者简介】王维，见前《红牡丹》篇。

〖**诗词格律**〗这是一首五言绝句。采用的是仄起不入韵式，但诗人在平仄运用上不拘定式。此诗四句二韵（入声二波韵）。

瑞香

瑞香—宋·范成大

万粒丛芳破雪残，曲房深院闭春寒。

紫紫青青云锦被，百叠薰笼晚不翻。

酒恶休拈花蕊嗅，花气醉人酿似酒。

大将香供恼幽禅，恰在兰枯梅落后。

【花谱】瑞香别名瑞兰、露甲、蓬莱花、睡香、千里香、毛瑞香，是一种常绿灌木。株高 1.5 米左右，叶厚纸质，常簇生。春季开花，花集生顶端，呈头状，芳香，外面红紫色，内面白色。常不结实。产于我国，久经栽培，有不少品种。供观赏；茎皮纤维是造纸的良好原料。

瑞香芳香扑鼻，树态圆整，四季常青，是著名的园林常绿花木。常植于林间空地，或与假山、岩石配植；也可盆栽赏玩，适于家庭培养。

瑞香，早在战国时期，楚国诗人屈原称之为"露甲"。只是当时其浓香虽已"甲"于群芳，却还不曾"露"脸。传说宋代庐山上有一位和尚，"昼寝磐石上，梦中闻花香烈酷不可名，既觉，寻香求之，因名'睡香'。四方奇之，谓乃'花中祥瑞'，遂以'瑞'易'睡'。"（《清异录》）

这才使瑞香一举跻身于名花的行列。瑞香，还雅号"风流树""九里香"。

【诗词赏析】此诗先写瑞香外在的姿、色、香，而后再刻画瑞香内在的神韵和情操，让我们对瑞香产生全方位的了解并生发怜爱之情。

"万粒丛芳破雪残，曲房深院闭春寒"，是写当冰雪还未完全消融之时，瑞香就绽放出了千万丛粒状聚集的花朵。爱瑞香的人们将它们栽培在"曲房深院"里，这样就将"春寒"关"闭"在院房之外，不复侵扰瑞香的瑞气缭绕，喷吐芳香。这一联写的是瑞香独特的芳香。

"紫紫青青云锦被，百叠薰笼晚不翻。"诗人伫立于瑞香花前，注视着葱翠绿叶丛中那紫红色的细小花朵，青紫两色相映，看上去真像轻柔温暖的"云锦被"；这被中发出的浓郁芳香则更像是冬夜可爱的"百叠薰笼"，何况夜色已深沉，也用不着再去翻拨笼中火炭了。

好花是要美酒相伴的。诗人在此劝告赏花人，既然"花气醉人酣似酒"，那就切切要做到"酒恶休拈花蕊嗅"。只因南唐李后主曾在《浣溪沙》词中写有："酒恶时拈花蕊嗅。"诗人于此时将"时"去掉，代之以"休"，则是反其意了。原词意为纵情醉乐，举动轻薄地拈花嗅蕊。诗人着一"休"字，对瑞香的爱惜、敬重之情表露无遗。

由"大将香供恼幽禅，恰在兰枯梅落后"，诗人联想到了许多寺庙常以瑞香供佛。那是因为一到冬春时节，兰花和梅花已尽皆萎谢，寺庙只得以瑞香供佛。诗人爱瑞香甚切，生怕那些打坐于禅室中的僧人心猿意马。诗人在这里将瑞香比喻成妙龄少女，怕她们那身体上发出的幽香会撩拨得僧人们动了凡俗念头。前人白居易不就有《题灵隐寺红辛夷花戏酬光上人》诗有句云"芳情香思知多少，恼得山僧悔出家"吗？风流才子，灵犀相通，诗人跟白居易想到一块儿去了。

全诗让我们也陶醉于瑞香的万种风情之中。

【作者简介】范成大，见前《蜀花以状元红为第一，金陵东御园紫绣球为最》篇。

〖**诗词格律**〗这是一首七言古体诗，不求对仗，平仄和用韵也较自由。这首诗中间便换了韵。前四句用的是上平声十四寒韵，后四句用的是上（仄）声廿五有韵。

浣溪沙·瑞香—宋·张孝祥

腊后春前别一般，梅花枯淡水仙寒。翠云裳著紫霞冠。

仙品只今推第一，清香元不是人间。为君更试小龙团。

【诗词赏析】张孝祥是南宋著名的词人，其词风接近苏轼，气势豪迈。这首《浣溪沙》吟咏的是瑞香花，虽然只是 42 字的双调小令，可对瑞香的细腻描写与喜爱，也蕴含着深沉的意境和高洁的情感，这是词人自身的气质决定的。

上片首二句"腊后春前别一般，梅花枯淡水仙寒"，词人是写瑞香和一般的花卉不一样，它是绽放在残冬与早春交替的时节。这个时节，梅花已过花期，正走向枯萎；水仙不耐寒也尚未开放。与词人同时代的吕大防（1027—1097）所作《瑞香图序》中有言："瑞香，芳草也……冬春之交，其花始发。"便证实了词人所说无误。第三句"翠云裳著紫霞冠"，词人写的是瑞香花开后的艳姿丽容，团团青郁的绿叶如同翠色的大衣，枝顶红紫色的花苞如同紫霞冠。这句诗是"三—三"即"翠云裳—著—紫霞冠"的句式。

下片则是抒写词人的感叹。下片前二句"仙品只今推第一，清香元不是人间"，"品"是妙品，"香"是清香，自然就是"只今推第一"，和"元不是人间"了。瑞香花，在词人的眼中已达于极致，词人将它作为自己的贴心知交了。于是，词人情难自抑地向瑞香花表达自己的敬意和友情："为君更试小龙团。""清淡如斯的君子啊，请你也品尝这一杯叫作'小龙团'的香茗吧！"到底是一位豪放派词人，他与瑞香花已心心相依。"悠然心会，妙处难与君说"（张孝祥《念奴娇·过洞庭》句）的神交了。

【作者简介】张孝祥（1132—1170），字安国，号于湖居士，乌江（今属安徽和县）人。绍兴二十四年（1154年）举进士第一名。曾任中书舍人，后因支持张浚北伐而被免职。乾道三年（1167年）任潭州（今长沙）知州，后致仕归芜湖，死于建康。他的词作具有深沉的爱国思想，亦有写景抒情的飘逸情怀。著有《于湖居士文集》《于湖词》。

〔**诗词格律**〕浣溪沙本是唐代教坊曲名，因西施浣纱于若耶溪，所以又名《浣溪纱》或《浣纱溪》。上下片各有三个七字句。四十二字。

分平仄两体。平韵体流传至今最早的是唐人韩偓词，乃正体。上片三句都用韵，下片末二句用韵，后片头二句常用对偶句。平韵体词谱如下：
仄仄平平仄仄平，平平仄仄仄平平，平平仄仄仄平平。　　仄仄平平平仄仄，平平仄仄仄平平，平平仄仄仄平平。（后片头二句常用对偶句。张孝祥这首词即是如此。）

仄韵体始于南唐李煜。另有《摊破浣溪沙》，又名《山花子》，上下片各增三字，韵位不变。

此调音节明快，句式整齐，易上口，婉约、豪放两派词人常用来填词。
更有《小庭花》《减字浣溪沙》等二十余种异名。

瑞香花新开（其一）—宋·杨万里

外著明霞绮，中裁淡玉纱。

森森千万笋，旋旋两三花。

小霁迎风喜，轻寒索幕遮。

香中真上瑞，兰麝敢名家？

【诗词赏析】南宋诗人杨万里的诗构思奇巧，语言通俗明快。这首诗纯然歌咏瑞香花，没有任何托物寄寓的意味，说明诗人爱花、爱美的执着、痴迷达到了一种至高的境界。

瑞香，树叶婆娑，琼姿仙态，且四季常青。在早春时节与梅花、水仙相继绽放。当它开放时，一簇簇点缀在绿叶团抱之中。可它在诗人眼前，就像翩翩少女，"外著明霞绮，中裁淡玉纱"，外著云霞般绮丽的丝质绣装，内穿淡玉般的衬衫，真是可爱极了。蓓蕾繁密如千万笋（笋指方形竹器），花朵随即开放。

然而，诗人知道瑞香花儿虽喜阴，但也不甚耐寒。此时，雨雪方停，瑞香花沐浴在斜阳中似乎也感觉欣喜，但阵阵轻寒袭来，诗人却担心瑞香花能不能经受得住冷风的侵凌，是不是应该搭个帐篷给瑞香花遮挡风雨呢？诗人对瑞香花真是情有独钟。能不心爱吗？瑞香、瑞香，它不但在百花之中独有吉祥之兆，就连"王者香"——兰花，以及动物界的奇珍——麝香，也都不敢在瑞香面前摆谱呢。"香中真上瑞，兰麝敢名家？"诗人对瑞香的赞美真是无以复加了。

【作者简介】杨万里，见前《咏重台九心淡紫牡丹》篇。

〖诗词格律〗这是一首五言律诗，采用的是仄起不入韵式。八句四韵，押一麻平韵。此诗除中间二联对仗外，首联亦对仗，且均是严谨的工对，使得全诗极富清新活泼的趣味。

茉莉

茉莉—宋·杨万里

江梅去去木樨晚，芝草石榴刺人眼。

茉莉独立幽更佳，龙涎避香雪避花。

朝来无热夜凉甚，急走山童问花信。

一枝带雨折来归，走送诗人觅好诗。

【花谱】茉莉别名抹厉、末丽、玉麝等。木樨科，茉莉属。常绿直立或近攀援灌木。叶对生，椭圆形。夏季开花最盛，秋季也开花。花白色，极香，花管细长，萼片呈线形。前端尖锐，萼下有短柄。

茉莉本是外语译音，但入籍中国很早，在北宋时，就已被列入"八大名花"，被誉为"古人第一香"。原产印度、伊朗。我国南北各地都有栽培，以广州、杭州、福州、苏州为最多。是庭园或温室内常见的盆栽芳香植物之一。除供观赏外，花（含挥发油）常用作熏制花茶的香料，也是提取芳香油的原料。

茉莉花芳香浓烈，妙龄女子极喜将它插在头发上。当年，苏东坡被贬谪到海南儋州，见到黎族女子头簪茉莉，口嚼槟榔，曾写诗道："暗麝著人簪茉莉，红潮登颊醉槟榔。"当代的江苏民歌《茉莉花》人人传唱："好一朵茉莉花，好一朵茉莉花，满园花开香也香不过它……"

茉莉花还是菲律宾、印度尼西亚和巴基斯坦的国花，也是我国福州市的市花。

【诗词赏析】仲夏时节，诗人一见到盛开的茉莉花，立马想起了诸多的名花。"江梅去去木樨晚，芝草石榴刺人眼。"江梅在冬季就开了，已经越去越远了；木樨，即桂花，则要到深秋时才开。就是说，江梅开得太早，桂花开得太迟。那么，芝草、石榴呢，尽管也开在夏天，但是它们色彩太过艳丽，有些刺眼。而只有茉莉开得正是时候，它颜色清雅、幽香扑鼻。

它不但开得适时，而且，"茉莉独立幽更佳，龙涎避香雪避花"，茉莉花独立其中，标格风雅。"龙涎"，指龙涎香，一种名贵的香料。龙涎虽香，也不能与之相比；雪花虽白，可消融太快，也只得敬茉莉而远之了。

夏秋之交的夜晚刚刚过去，诗人黎明即起，觉得有些凉意，他匆匆打发书童去庭院外面探问花信。所谓"花信"，指的是花开花落的讯息。"朝来无热夜凉甚，急走山童问花信。"书童在诗人身边日久，自是极了解主人。"一枝带雨折来归，走送诗人觅好诗"。书童折了一枝带雨的茉莉花归来。去也匆匆，归也匆匆，诗人用了两个"走"字，在这里，诗人的急迫心情和书童的天真活泼，历历如在我们眼前呈现。我们看到，诗人接过带雨的茉莉花时，好像要手舞足蹈起来。书童笑问："主人，觅到了好诗没有？"只见诗人挥笔而就，手举诗稿大笑道："瞧，就是它！"这首《茉莉》诗就摊开在我们眼前。

【作者简介】杨万里，见前《咏重台九心淡紫牡丹》篇。

〖诗词格律〗这是一首七言古体诗，它不受平仄、对仗和叶韵的拘束，写得极富生活情趣，正体现了诚斋体讲究"活法"的正路特点。全诗语言浅近活泼，前四句烘云托月，突出了茉莉之卓尔不群；后四句则有如一幅幅生动的连环画。

茉莉—宋·刘克庄

一卉能薰一室香，炎天尤觉玉肌凉。

野人不敢烦天女，自折琼枝置枕旁。

【诗词赏析】这首诗语言明白如话，诗人对茉莉花的衷情，以及诗人的生活情趣与闲适也表达得十分自然明畅。

"一卉能薰一室香，炎天尤觉玉肌凉"，在夏季，哪怕只采一束茉莉花搁置于室内，就能使得满室飘香。酷暑炎天，有了这一束茉莉花，你便会顿觉浑身清凉起来。诗人若没有亲身体验，是不可能有这种真切的感受的。

"野人不敢烦天女，自折琼枝置枕旁。""野人"，既是诗人自谦，更是诗人对茉莉花的一种发自内心的喜爱和虔诚的膜拜。诗人自谦"野人"，那茉莉花就自是"天女"了。因此，诗人不敢烦劳天女亲自送来，倒是心甘情愿地自己去采摘一束，轻轻地放置于枕头旁边。自此后，有清香雅洁的茉莉花日夜厮守，诗人夫复何求？诗人这种高雅、闲适的生活情趣真叫人羡慕极了，不是吗？

【作者简介】刘克庄，见前《兰花》篇。

〖**诗词格律**〗这是一首七言绝句。采用的是仄起入韵式，四句三韵：仄仄平平仄仄平，平平仄仄仄平平。平平仄仄平平仄，仄仄平平仄仄平。押下平声七阳韵。

说到诗韵，现代人写旧体诗应该按照现代诗韵，不须遵守旧韵书。如《诗韵新编》等新韵书，均可采用。因为"平水韵"已沿用了七百多年，远远脱离语言实际，早已不适宜再作为诗歌用韵的依据了。

现代诗韵是归纳现代汉语为十八个韵部编写而成的。另外，旧体诗中的入声，读法无法变动，今作仄声使用。十八韵部为：一麻，二波、三歌、四旨、五支、六儿、七齐、八微、九开、十姑、十一鱼、十二侯、十三豪、十四寒、十五痕、十六唐、十七庚、十八东。此中，波、歌通押；支、齐、儿通押；鱼、姑通押；东、庚通押。总之，现代人写旧体诗，用《新诗韵》很方便宽泛。旧体诗爱好者可去查证。

茉莉—宋·江奎

虽无艳态惊群目，幸有清香压九秋。

应是仙娥宴归去，醉来掉下玉搔头。

【诗词赏析】这首诗的语言平直、浅易，有如白话，起句"虽无艳态惊群目，幸有清香压九秋"，是说茉莉花尽管不像桃、杏、月季、牡丹等花那样有着艳丽的容貌，它不过是纯纯的白色而已，可所幸它的香气能压倒群芳，花期较长，能香飘整个秋天。"九秋"，指秋季的九十天。

此诗固然无丝毫华丽之色，但其后二句"应是仙娥宴归去，醉来掉下玉搔头"，读来顿觉奇峰突起。诗人说，如此清香娇美的茉莉花兴许非人间所有，它们一定是天宫里的仙娥们在某次赴宴回归的路途中，那头上的玉簪于醉意中不小心遗落到了凡尘，而后变幻成了花。玉簪，本就形似茉莉，诗人的这个比喻是很贴切的，也给全诗增添了想象隽永的美感。

在诗歌史中，诗人创作的诗歌，就全篇而言，并不要求句句都好，只要有一两句甚至是一个词，哪怕仅一个字，能使全篇增辉出色，也是不错的。江奎的这首《茉莉》诗，有了后二句，全诗就活了。

【作者简介】江奎，南宋末期诗人，生卒年不详。泉州惠安人，淳祐七年（1247 年）进士，曾任泉州教授（宋代在各路的州、县均置教授，掌学校课试等事，位居提督学事司之下）。

〖诗词格律〗这是一首七绝诗，采用平起不入韵式：平平仄仄平平仄，仄仄平平仄仄平。仄仄平平平仄仄，平平仄仄仄平平。四句二韵，押十一尤韵。

南柯子·茉莉—宋·韩元吉

五月炎州路，千丛扑地开。只疑标韵是
江梅。不道薰风庭院、雪成堆。

宝髻琼瑶缀，仙衣翡翠裁。一枝长伴荔
枝来。付与玉衣和笑、插鸾钗。

【诗词赏析】韩元吉的这首词作于他任南剑州（今属福建地区）主
簿时。

全词以浓墨重彩赞咏茉莉。"五月炎州路，千丛扑地开"，上片起
二句写的是茉莉盛开时的地点和环境。茉莉开在初夏的五月，此时的剑
州已进入炎热季候；千百丛茉莉满地绽放。诗人进而写道："只疑标韵
是江梅。不道薰风庭院、雪成堆。"人们见到那风姿雅丽的茉莉，开初
还疑心是开在江边素淡清高的白梅。可和暖的春风吹来，满院成堆的白
雪被风扬起，才知道是白玉妆成的茉莉。诗人以江梅、白雪反衬出茉莉
的多姿风韵。

下片写"玉人"的妆扮。诗人将茉莉比作玉人，即美女。"宝髻琼
瑶缀，仙衣翡翠裁。""缀"与"裁"，两个动词置于句后。头上盘着
宝髻，身上穿着镶饰美玉的华丽衣裳，这样的玉人确实貌若天仙。诗人
意犹未尽，他想起了雍容华贵的杨贵妃，于是他化用杜牧的诗句"一骑
红尘妃子笑，无人知是荔枝来"为"一枝长伴荔枝来"，再将茉莉比作
杨贵妃。并且，茉莉更乐于和"鸾钗"共同插在玉人和贵妃的头上，让
她们玉体生香。"鸾钗"，像鸾凤一样的簪子。

这首双调小令读来含蓄蕴藉，生动的语言洋溢着舒心的美感。

【作者简介】韩元吉（1118—1187），字无咎，号南涧，许昌（今属河南）人，晚年徙居信州（今江西上饶）。南宋词人，宋孝宗初年官至吏部尚书。他力主抗金，与张孝祥、陆游、范成大、辛弃疾等常有词相唱和。《花庵词选》云："（南涧）名家文献，政事文学，为一代冠冕。"有《南涧诗余》。

〖**诗词格律**〗《南柯子》，本为唐教坊曲名，又名《南歌子》《凤蝶令》《望秦川》《十爱词》等。有单调和双调两种。单调体始于晚唐，二十三字，五句三平韵。双调平韵体始于五代，五十二字，上下片各四句三平韵。韩元吉的这首《南柯子》即是此类双平韵体。也有双调仄韵以及以后的宋人所作之五十二字、五十三字和五十四字体。

萱草

对萱草—唐·韦应物

何人树萱草，对此郡斋幽。

本是忘忧物，今夕重生忧。

丛疏露始滴，芳余蝶尚留。

还思杜陵圃，离披风雨秋。

【花谱】萱草别名金针、萱花、谖（音宣）草、忘忧、疗愁、鹿剑、丹棘、宜男。百合科，萱草属。多年生宿根草本。叶丛生，肉质根肥大，长纺锤形，狭长，背面有棱脊。花茎顶端生花。夏秋间开花，花呈漏斗状，花橘红色或橘黄色，无香味，短花梗。花蕾可作蔬菜（金针菜），并供观赏。

原产我国南部，南北各地园林多有栽培，近年欧美各地亦栽培盛行。

萱草在我国栽培历史悠久。尤其于春季萌发甚早，当绿叶成丛时，极为美观。园林中多丛植或在花坛、路边栽植。

古人以为萱草乃可使人忘忧的草。嵇康《养生论》云："合欢蠲忿，萱草忘忧，愚智所共知也。"除了"忘忧"说，还有"宜男"说。《风土记云》："妇人有妊，佩之生男子。"此说当属迷信。三则是"母萱"说。《幼学琼林》说："父母俱存，谓之椿萱并茂；子孙发达，谓之兰桂腾芳。"由此，引申出将母亲的居室叫作"萱堂"。叶梦得有诗："白发萱堂上，孩儿更共怀。"

【诗词赏析】这首诗一反萱草"忘忧"说的本意，而是处处使人"重生忧"的萌发物。起二句便说："何人树萱草，对此郡斋幽。"其口气毫无亲切、怜爱，反而还显露出一种讨厌的情绪：是谁在庭院里种植了这么多的萱草，让它们直直地朝向我的官署？诗人并不喜欢萱草。因为它"本是忘忧物，今夕重生忧"。

诗人之"忧"在何处？首先，是"郡斋"之"幽"。此"幽"即彼"忧"，而且，还更深沉。唐德宗建中四年（783年）韦应物从员外郎出为滁州刺史。但他知道，从建中元年以来，朝政每况愈下，军阀割据，民不聊生。他为中唐政治败坏而忧虑，为百姓生活贫困而内疚，但他有志改革而无力，思欲归隐而不能，他的前途充满矛盾与困难。

独坐高斋，忧虑仕途，只感到阵阵空寂。凝目萱草，"丛疏露始滴，芳余蝶尚留"。只见清冷的露珠开始从花瓣、叶片滴落，还有几只蝴蝶流连在不多的花香中。哦，时已仲秋，"丛疏""芳余"，满眼萧瑟衰残的景象。

由悲秋而引发怀乡之情，"还思杜陵圃，离披风雨秋"。诗人家居长安，故乡远在两千余里之外。在这寂寥的秋夜，独对萱草的诗人，思念起家乡的亲人和故土园圃，真叫人永夜难寐，浮想联翩，触动归思。

【作者简介】韦应物（约737—791），京兆万年（今陕西西安）人。曾任左司郎中，人称韦左司；又曾任江州刺史、苏州刺史，人称韦江州、韦苏州。出身关中望族，少年时以三卫郎事玄宗。韦应物秉性高洁，其诗以写田园风物著名，淡远清瑟，人比之陶潜。有《韦苏州集》。

〔**诗词格律**〕这应该是一首五言律诗。五言八句。押下平声十一尤韵。全诗语言平淡，内蕴深沉，情意悠长。韦应物的山水景物诗本就"高雅闲淡，自成一家之体"（白居易《与元九书》），形式多用五古。

惜
花

减字木兰花·买花—宋·李清照

卖花担上，买得一枝春欲放。泪染轻匀，犹带彤霞晓露痕。

怕郎猜道，奴面不如花面好。云鬓斜簪，徒要教郎比并看。

【诗词赏析】易安居士的这首小令写得明白如话。今译成白话则趣味更浓：

我从卖花担上买得一枝花，正含苞欲放。花上像是轻轻地沾着泪水，还带着那红霞，映衬着朝露般，十分动人。可我怕心上人会暗地里说我的脸蛋赶不上这花儿的娇美。于是，我把花插入鬓花，好叫心上人将花和我一起比比看看。

很显然，这首小令在她的前期词中别具风情。它展现出一位活泼率真、热爱生活的少女形象。她和恋人正处在相亲相爱的热恋中。可少女的心多情而敏感，生怕意中人会时不时地心猿意马。此刻，少女买了花，就怕心上人也"见花思迁"，也不管他会不会或明或暗地表露出来，那就把花和人一并合在一处，看他怎么说吧。这样的细节描写，正表现了一个情窦初开的少女的天真与奇思，煞是可爱。

【诗词格律】《减字木兰花》词谱：㊒平仄仄，仄仄平平仄仄。仄仄平平（换平韵），仄仄平平仄仄平。　㊒平仄仄（三换仄韵），仄仄㊒平平仄仄。仄仄平平（四换平韵），仄仄平平仄仄平。（有圆圈者表示平仄均可。短横线表示韵脚。）

惜牡丹花二首（其一）—唐·白居易

惆怅阶前红牡丹，晚来唯有两枝残。

明朝风起应吹尽，夜惜衰红把火看。

【诗词赏析】诗人白居易的"惜"，并非在牡丹花凋谢之后给予的垂怜，而是在这满院的牡丹还开得正茂盛的时候，他抒发出来的真实的惋惜之情。这在前二句就表现得很清楚："惆怅阶前红牡丹，晚来唯有两枝残。"满院究竟有多少株牡丹，我们不知道，但诗人点明了，此刻——也就是这个黄昏时分，"唯有两枝"已经残败。别的牡丹不是还好好地绽放着吗？诗人操心太过了吧？

不，更体现出诗人深厚情意的是，他不止关切现在，他更想到，"明朝风起应吹尽"。天有不测风云，要是明朝袭来风吹雨打，这满院的牡丹可就遭殃了。花非人，可花更比人羸弱。那才是真正该"惜"的啊。怎么办？人却强不过天，诗人也无法挽留春天的脚步。对了，古人有诗云："昼短苦夜长，何不秉烛游？"（《古诗十九首》）此时，风未起，雨未来，那就"夜惜衰红把火看"吧：点上一束火把，欣赏着即将衰萎的红牡丹，也是对它们的一种怜惜。

诗人的良苦用心，亦即诗人内心深蕴的情感，局外人是体会不了的。诗人热爱大自然 ，热爱生活中一切美好的事物，这是一种真、善、美的高尚情操和纯良的人性品格。岁月荏苒，青春易逝，人们啊，好好珍惜现在！

花非花——唐·白居易

花非花，雾非雾。夜半来，天明去。

来如春梦几多时，去似朝云无觅处。

【诗词赏析】这是一首很著名的"朦胧"诗。然而它极具特点：语言浅近，意境美极了。但诗人要告诉我们什么，要表现什么，谁也说不准。其实，也不尽然。

"花非花，雾非雾"有花和雾的特点，可诗人说它不是花也不是雾。可这两句的意境却很美丽，引人无限的想象。"夜半来，天明去"，来去匆匆，难以捉摸，又是多么令人惋惜、慨叹！

"夜半来"是个什么状况？来如春梦，能有几个时辰？瞬间即逝，仅仅留下几丝甜甜的回忆。"天明去"，又是个什么状况？去似朝云，绚丽的朝霞伴着东升的红日，可当人们感受到光明与温暖时，朝霞与红日立马又"无觅处"了，真叫人伤感：难道一切美好的事物就这样容易消逝吗？

诗人表达的情绪终究是明白的：美好的事物总是在人们的不珍惜之中转瞬即逝；年轻时那些多情美丽的少女总令人老来时难以忘怀，她们就像是花和雾一样。

白居易一生特别同情劳苦大众，但他亦是一个从年轻到耄耋俱风流的大才子。察其一生，便可体会他晚年作此诗的堂奥了。此诗被诗人自己编在"感伤"之部，与悼亡诗《真娘墓》《简简吟》紧紧相邻，此诗的蕴涵该明显了，尽管这属于诗人至死也不说的"隐私"。从这方面去思索，此诗就一点也不"朦胧"了。

叹花——唐·杜牧

自恨寻芳到已迟， 往年曾见未开时。
如今风摆花狼藉， 绿叶成阴子满枝。

【诗词本事】杜牧是位风流才子。传说他当年游湖州时，认识了一民间小女子。杜牧与其母相约十年后来娶此女。过了十四年，杜牧任湖州刺史。该女子已出嫁三年，生有二子。杜牧有感而赋此诗。

好花落谁家，世事难以预料，只怪诗人来迟了。于是，全诗便围绕"叹"字抒情。前二句"自恨寻芳到已迟，往年曾见未开时"。起首一个"自"，道出了内心追悔与懊丧。眼前的花已过了盛开时分，往年花儿含苞未放的情景仍在忆念之中。

可眼前呢？飘摇的风雨使得鲜花凋零，一片狼藉，"绿叶成阴子满枝"了。诗人以花开花谢，绿叶成荫，果实缀满枝头，隐喻少女已经结婚生子，说什么都已晚了。诗人内心的忧伤自是不言而喻了。与其说是叹花，更不如说是叹自己。好在，还可以去扬州……

落花—唐·李商隐

高阁客竟去，小园花乱飞。

参差连曲陌，迢递送斜晖。

肠断未忍扫，眼穿仍欲稀。

芳心向春尽，所得是沾衣。

【诗词赏析】这首诗写于唐武宗（李炎）会昌六年（846 年）。当时，李商隐已与牛党的令狐绹结下怨仇，在政治上受到排挤压抑。此刻见到落花，借以抒发心中的不平与哀怨。

首联"高阁客竟去，小园花乱飞"，早些年，白居易的《惜牡丹花》，以把火照花别具一格的新意，表现了对牡丹花的怜惜，寄寓着对岁月流逝、青春不再的感慨，引起后人争相模仿，李商隐就是撷取白诗的这种构思而写下了《落花》。李诗无疑更比白诗凄丽动人。长江后浪推前浪，这无可厚非。"花乱飞"，诗人是站在"高阁"看着下面的庭院，此时，客去楼空，诗人居然见到院中纷飞的落花。这种感触绝不等同于"客去主人安"之常情，而是一种人与花相类似的"同病相怜"之感。

颔联"参差连曲陌，迢递送斜晖"，写的是"花乱飞"的状况：落花飞扬，当空飘洒，近盖田陌，远坠落日，一派凋零黯淡的景象，象征着诗人自身的孤子与幽怨。

颈联"肠断未忍扫，眼穿仍欲稀"，想去打扫吧，断肠人却逢断肠花；希望花莫落尽，可枝上的花依然越来越稀疏。

尾联"芳心向春尽，所得是沾衣"，诗人似乎在大声疾呼，为落花

抱不平了：这些花一片芳心向着春天，为装扮春光费尽了心思，到头来却落得个坠落尘泥、沾人衣袂的结局。其实，这正是诗人自身的写照：李商隐与令狐绹本系旧友，只因娶了王茂元之女而构怨，李商隐因此时时处于忧思与苦闷之中。这种愤郁不平、心境茫然与人世间风雨的凄婉冷漠是同时相伴的。

花下醉—唐·李商隐

寻芳不觉醉流霞，倚树沉眠日已斜。

客散酒醒深夜后，更持红烛赏残花。

【诗词赏析】李商隐的这首《花下醉》是模仿白居易的《惜牡丹花》一诗的构思而作的。对比一读，显然，李诗比白诗在情调上更秾丽、凄艳。抒情的角度不同，要表现的意境自然也不同，尽管所面对的物象一样，都是"花"。白诗重在"惜"；李诗则沉迷于"醉"。

起句"寻芳不觉醉流霞"，就因为爱花，诗人是在饮过酒之后独自去"寻芳"，刚一见到美丽的花，诗人就"醉"了。"流霞"，指道家传说中的一种美酒。这种"醉"，应该是双重的醉：一因美酒，二因花香。饮美酒、闻花香，焉得不醉？而且那是一种不知不觉的醉，是沉浸于美好境界里的醉。

次句"倚树沉眠日已斜"，诗人在进一步写醉态。饮了美酒，闻了花香，只得倚靠花树而沉眠。就在沉眠之中，夕阳已经西下了。这是诗人一种身心俱醉的美好享受。酒中行家自然懂得"饮酒需教微醉时"，要是醉过了头，自然就毫无趣味可言了。

待到诗人完全清醒，已是"客散酒醒深夜后"，一起赏花的客人已经散去，酒也醒了，却已经夜色朦胧，四周一片沉寂。诗人突发奇思，何不"更持红烛赏残花"哩。于是，在红烛的映照下，在一切景物若隐若现之中，流连于仍然姹紫嫣红的花卉间。诗人也许想到，此刻艳丽的花朵，明朝可能将在风雨中消逝，就让我在醉中再尽情地观赏一次吧。醉里持烛赏花，这才是全诗的高潮，更是诗人爱花爱到了极致的表现。

惜花—唐·韩偓

皱白离情高处切，腻红愁态静中深。

眼随片片沿流去，恨满枝枝被雨淋。

总得苔遮犹慰意，若教泥污更伤心。

临轩一盏悲春酒，明日池塘是绿阴。

【诗词赏析】诗题"惜花"，诗人该如何"惜"呢？

首联"皱白离情高处切，腻红愁态静中深"，写的是此花将落而又未落时的状态。"皱白""腻红"，指不同色彩的花朵。在诗人眼前展现的是：那高枝上的白花正在萎谢皱缩，难舍难离的情态非常悲切；底下的红花在愁闷中黯然沉寂。"高处切"面临着顷刻的危机，"静中深"蕴含着无声的悲伤。花之痛实乃诗人自身之痛。

颔联"眼随片片沿流去，恨满枝枝被雨淋"，写的是风雨摧残、水流花落的凄凉景象。"眼随"比"眼看"更叫人痛惜、难过，心情更沉重。"片片""枝枝"，表明每一朵坠落的花都牵扯着诗人的心尖尖，真叫人痛惜！

颈联"总得苔遮犹慰意，若教泥污更伤心"，诗人进一步想到花落后的境况。那坠落到地面上的一片片花瓣，若能有青苔遮护，还可稍稍安慰人意；但如果任由泥土污损，则叫人更加伤感。诗人对花的关切之深，得到了淋漓尽致的表现。

尾联"临轩一盏悲春酒，明日池塘是绿阴"，诗人无可奈何，只得临轩凭吊，一盏悲春的酒浇注心中的痛惜、哀伤；传到明日残红尽去，只有簇簇的绿阴映进池塘，春天也完了。

　　这首七律诗紧紧围绕"惜"字，一再渲染，一再加深，全诗不仅仅是对春去花落的一曲挽歌，更融入了对自身无限的感慨与悲伤。因为韩偓的一生经历了巨大的政治变故。朱温篡唐，建立了梁朝，韩偓寄身异乡，家国沦亡之痛，年华迟暮之悲，有志难施之愤，此刻又面临春光逝去，自身的沦落，唐王朝的消亡，又岂止是一个"惜"字了得？

　　【作者简介】韩偓（约842—923），字致尧（一作致光），自号玉山樵人，京兆万年（今陕西西安）人。龙纪进士，任翰林学士、中书舍人、兵部侍郎等职。幼年即席赋诗，李商隐便有"雏凤清于老凤声"之称赞。朱温专权，恨其不附己，贬濮州司马。他如怀古、咏物、写景等诗，均有可诵之作。其诗多写艳情，辞藻华丽，有香奁体之称。但后期诗风转变，不乏感时伤乱之作。后人辑有《韩内翰别集》。

卖花翁—唐·吴融

和烟和露一丛花，担入宫城许史家。

惆怅东风无处说，不教闲地著春华。

【诗词赏析】前有白居易的《卖炭翁》，后有吴融的《卖花翁》。白诗通过卖炭翁的遭遇，揭露了"宫市"的本质，对统治者掠夺人民的罪行给予了有力的鞭挞；吴融的诗虽然没有一字写卖花翁的形象，却也深刻揭示了豪门贵族贪婪、霸道的罪恶。

前二句"和烟和露一丛花，担入宫城许史家"，写的是卖花翁挑着一担鲜花送入了富贵之家。"和烟和露"，形容鲜花上还缀着露珠、冒着水汽，自当是刚刚采摘下来的鲜花。所谓"许史家"，指汉宣帝时的皇家外戚。"许"指宣帝许皇后娘家，"史"指宣帝祖母史良娣家，所以，后人常用以借指皇亲国戚，他们当然住在宫城里面。

后二句"惆怅东风无处说，不教闲地著春华"，直接抒发出诗人深沉的感慨。东风吹拂，百花绽放，可是，东风却面对春花被豪权掠走的局面，就是有惆怅也无法诉说；只能眼看着四野茫茫的大地一片真干净，未曾留下些许的春光。

吴融的这首短小的七绝，揭示了在旧社会里，下层老百姓还处于饥寒交迫的境况之下，玩花赏花仍然是富贵人家的特殊嗜好，尤其是那些皇亲国戚、豪门权贵，不但压榨人民，就连大自然的美丽春色也要独占。

后 记

　　萌生写这本书的念头很早：六十年前在湖南一师求学时期。当时的挚友（中学就是同学）梅嘉陵正热衷于模仿郭老的新诗集《百花齐放》，他也在写作一本叫《百鸟争鸣》的新诗集，我努力为他搜集资料。梅给郭老写过一封信，郭老居然也回了信。信中说，他写《百花齐放》不过是应景应时，且婉言劝梅不要赶时髦。但这件事除我以外没任何人知道。只是，梅还是将《百鸟争鸣》写完了，诗稿却不知下落。

　　那时的湖南一师有好几位不错的语文教师，如周仁济、谭蔚、曾令衡、唐霁、王前等。名校有名师，自有渊源：杨昌济、杨树达、周谷城、夏丐尊、赵景琛、田汉、舒新城等大家都在该校教过语文。

　　谭蔚老师教过我近三年的语文。那一年，谭蔚老师出了一本书《唐宋词百首浅释》。正是谭蔚老师的这本书，以及梅的《百鸟争鸣》，使我当时也心血来潮，想撰写一本专门赏析唐宋诗词中的花卉诗词的书。于是，写了几章作为习作交给谭蔚老师。不几天，谭蔚老师约我谈话，予以勉励。一开始，他笑着说，看来你比我野心大呀。接着，他就具体章节指出不足，非常诚挚而中肯地对我说：打下坚实基础，厚积薄发；有志者，事竟成。还送了我两本厚厚的书：《万首唐人绝句》（上下）。

　　离开一师后，我不时地去向他请教古典文学方面的问题，他依然谆谆教导。谭蔚老师擅长一手漂亮的瘦金体书法。他后来还出了一本有关《易经》的著作，以我的学力才情，读此书如读天书，深感谭蔚老师古典文学造诣之深厚。

　　此中许多年，我未曾动笔写这本书。一因人生坎坷，二因为稻粱谋，但却不曾忘怀，坚持不断积累资料。谭蔚老师那句"厚积薄发"时时鞭策着我。

二十世纪九十年代以来，出版了一些关于唐、宋、元、明、清各朝代的文学作品的大部头鉴赏辞典，很不错。只是，我总觉得还是不够通俗化、普及化，也就是说深奥了些、专业性强了些。各类辞书俱阳春白雪有余，下里巴人不足。我心中所想的那种分门别类辑录赏析古诗词的著作尚属空白。

怀着这种想法，我在赋闲以后便专心致志地，以近一年的时间敲打出了这本小书。成不成器，可不是我说了算的。

这就是我写此书的初衷与过程。只讲此一点，不及其余。

吴荣桦

2020 年 8 月